新装版

何がおかしい

佐藤愛子
Sato Aiko

中央公論新社

前書きのようなもの

この雑文集は私が六十代の頃に勢に任せて書き散らしたものです。エッセイといってはおこがましいようなシロモノです。

とっくに忘れていたものを、中央公論新社の藤平歩さんがどこで見つけたのか、新しく出版したいと持って来られた。私はこの秋、九十七歳になります。心身共に老いさらばえつつあるばあさんが、三、四十年も前に書いたものを今になって本にするなんて、老いたりといえども佐藤愛子、ヨボヨボ寸前の老妓が昔の衣裳を引っぱり出して、皺に白粉叩き込んでお座敷へ出て来るような、そんな情けないことは出来ませぬ――と一応は口走ったりしましたが、ああのこうのと口走っているうちに、藤平さんは勝手に頑張って、いつか校正刷が送られてきました。

仕方なく校正刷を読み返しているうちに、これを書いた頃の元気イッパイ、怖いもの知らず、向う見ずの佐藤愛子が思い出されて来て、呆れるやら懐かしいやら、気がつくと「昔の喧嘩出入を武勇伝として若い者に語り聞かせる親分」というような気分が盛り上ってきたのでした。まあ、堅いことはいわず、前世紀の遺物の折ふしを知ってもらうのも一興かと思うようになったのでした。
　従ってこのエッセイ集は読者に何かを与える、というような上等なものではありません。コロナ不況の沈滞した世の中、せめて空元気でも出したいと思っている人たちに、「こんなヘンな人間でも九十七年も元気よく生き抜けるのだ」、という事実が心に止まり、心丈夫に思ってもらえれば望外の幸《しあわせ》です。

二〇二〇年　秋

佐藤愛子

何がおかしい【新装版】　目次

何がおかしい

新装版

I　夢かと思えば

夢の話

若い頃はよく夢を見たものだが、この頃は殆《ほとん》ど見なくなった。いや、見なくなったのではなく、目が醒《さ》めるのと同時に忘れるようになったのであろう。何だか見たような気がするが、はっきり脳裏に浮かんでこないということがよくある。フロイトにかかると夢はすべて性欲から出ているということになるが、ならば夢を見なくなったということは年老いて性欲も消えたということになるのであろうか。寂しいことである。

それでも時々は夢を見ること（憶えていること）がある。その多くはおしっこがしたいのだが、どこの便所も戸を開けると汚れていたり、人が入っていたり、戸がなかったりしてうろうろするという、尿意を抱えて眠っているための夢である。こういう夢ばかり見るようになったのも侘《わ》びしい話だ。

昔はよかった。いろんな夢が楽しめた。怖い夢、ロマンチックな夢、悲しい夢、死んだ近親者と出会っている夢、追いかけられて、鉄腕アトムのように空へ舞い上っている夢もよく見た。これも性欲が見せる夢だそうだが、先頃、久しぶりに空へ舞い上ろうとして飛び上るがうまく上れず、仕方なく追手を蹴飛《けと》ばしているという夢を見た。

子供の頃から二十代にかけてはよく怖い夢を見てうなされた。得体のしれぬ化物や幽霊や悪者が出てくる。自分の叫び声に目が醒めるが、胸の動悸《どうき》はいつまでも治まらない。六歳頃に見た怖い夢はいまだにまざまざと思い浮かんでくる。それは私が生れてはじめて見た怖い夢だった。私が育った家には風呂場につづいて高窓がひとつあるだけの小暗い小部屋があって、その窓の下に不用になったデスクが置いてあった。夢の中で私はその上に上って高窓から外を見ようとしている。するとその大きなデスクの下の暗がりに、白い着物を着て髪を長く垂らした女の幽霊が潜んでいて、下から私の片足をひしと摑《つか》んだ……そういう夢である。

それに類した夢はその後も数えきれぬほど見たが、考えてみるとこの数年は自分のうなされる声で目が醒めるというような怖い夢を見たことがないのに気づくのである。

おばけ、悪漢のたぐいが出てこないというのではない。出てくることはくる。だがいつもそれと戦ってやっつけているというのが最近の夢の特徴だ。いつか見たのは、場所はどこかわからないが、幽霊が髪ふり乱して立ちはだかるのを摑まえ、原爆投げを試み、逃げようとするその長く引いた着物の裾《すそ》をパッと踏んで引き戻し、

「塩持ってきて！」

と叫んでいる。私は塩でもって魔性の穢《けが》れを祓《はら》おうとしているのだ。

「塩、塩を」

と叫ぶが、誰も塩を持ってこない。娘や家事手伝いの人がいる筈《はず》なのにシーンとしている。私は苛《いら》立《だ》ち、腹を立て、

「塩ッ!!」

怒号するその大声で目が醒めた。同じ目が醒めるにしても、昔は恐怖の叫びで目が醒めたものだが、今は怒号の声で醒める。

「さすがですねえ」

と家の者は感心したが、波瀾《はらん》と戦って数十年、もはや悪夢に怯《おび》えるということもなくなったらしい。

十九世紀に於《お》いては、脳というものは半分は完全で、残る半分は不完全なものであるとし、眠っている時は不完全の脳が働いているので不合理な夢が起るのだという見解があったそうだが、前記の夢など私には少しも不合理に思えないのである。

この春、女学校時代のクラスメイトの集りがあったが、その時、友人の一人がこんな夢を見たと話した。

彼女は夢の中で、一人の男性と濃厚なラブシーンをくりひろげているのだそうである。しかし彼女にはその男の顔はわからない。顔が見えないほどに熱烈に抱擁している。それから漸《ようや》く抱擁が解けて彼女が男を見たら、男はいかりや長介だった。丁度その頃、NHKの独眼竜政宗にいかりや長介が出ていて、毎週、熱心に見ていたのだと彼女はいった。

「いかりや長介やとわかって、私、夢の中でガクゼンとしてるのやわ。でもすぐ思い返して、『男は顔やない、顔やない』と自分にいい聞かせてるの……」

出来れば私も今一度、そんな夢を見たいものだ。幽霊の裾《すそ》を踏みしめて、「塩ッ！」と叫んでいるような、そんな夢、一生にいっぺんでいいから見たいものやわ、とその友達はいったけれど。

うたたねに恋しき人を見てしより
　夢てふものを頼みそめてき

なんていう歌でも作りたいものだ。

うたた寝といえば、この頃テレビを見ているうちに必ずうたた寝をするようになった（これも年老いたしるし）。しかし私がうたた寝で見たのは、次のような夢である。

私は雑誌の座談会に出ている。テーブルを挟んで向うに二人の男性がいて、私は長《なが》椅子《いす》に横になっている。とにかく眠くて眠くてたまらないのである。座談会は始っているらしいが起きることは出来ない。向い側の二人の男性は礼儀上、寝ている私に気がつかないふりをしているのか、それとも全く黙殺しているのか、寛大に目が醒めるのを待っているのか、よくわからないが、とにかく私を起こそうとはしないで、二人で何か論じ合っている声がボソボソと聞えている。それが気持のいい子守歌のようで、私はますます眠気の中に沈んで行く。

すると、若い女性編集者が私のそばへ来て、寝ている私の耳もとに口を寄せて小声でいった。

「先生、あの、イビキ……」

寝るのはかまわないが、せめてイビキだけはかかないでほしいといいたいのであろう。しかし私は起きなければとは思わない。とにかく眠いのである。女性編集者は困り果てたようにくり返す。

「先生、あの、イビキ……」

そういえばどこからか重々しいイビキが聞えてくる。ハハーン、これが私のイビキだな、そう思いながらまだ眠っている。女性編集者はどこかへ去って行ったが、間もなく二人の男がやって来た。一人は寝ている私の脇を、もう一人は両足を抱えて部屋から運び出そうとする。

そこで目が醒めた。テレビはさっきの西部劇をまだやっている。むっくり起きてボーッとしている私に、娘がいった。

「ものすごいイビキだったよう。そのすごさったら……」

わかってる。何しろ座談会の邪魔だとて、二人の男が私を運び出しにきたくらいだもの。

それにしてもこういう夢をフロイトはどう解釈するのだろう?

怒り顔

　ある雨の日、かねてから依頼されていた講演会に出かけた。講演会の行なわれる××会館は私にははじめての場所である。先方が迎えのハイヤーを出してくれたので、運転手任せで出かけた。やがて車は止り、

「××会館、ここです」

　と、運転手は傘をひろげて私をビルの入口まで送ってくれた。その入口は車のところから、数メートルの石畳と十数段の石段を上って行くのである。

「ここですか?」

　と私は思わず念を押した。そのビルのガラスドアの入口が、いかにもお粗末で、建物全体が古色蒼然《こしょくそうぜん》としている。講演会が開かれるような広いホールがあるとは思え

なかったのだ。

しかし運転手はそこに間違いないといってさっさと石段を降りて行く。仕方なく私は中に入った。雨のせいか、へんに湿っぽく、陰気に深閑《しんかん》としている。入ったところは狭くて案内の標示板もない。左手にエレベーターがあるが、何階へ行けばいいかわからないので、右手の階段を上ることにした。

上って行くと二階に出た。踊り場から廊下がつづいているわけではなく、踊り場の壁の代りのように扉がある。扉の向うに廊下があるのかと開けようとしたが、鍵《かぎ》がかかっていて開かない。仕方なく三階へ行った。また同じような扉がある。今度は開いた。覗《のぞ》いて慌てて閉めた。そこは部屋で五十がらみの白衣を着た女の人が、ピカピカ光るメスのたぐいを、白布の上に並べているところだったのだ。外科か産婦人科の診療室だったのかもしれない。

更に上へ上った。四階、五階……どの扉も閉っていて、人気がない。上へ行くにつれて紐《ひも》に掛けた洗濯物が垂れている。その下をくぐって上って行く。六階まで行って、ここには講演をするホールなどないことがわかった。（それはもう途中からわかっていたが、好奇心と意地、半分半分で上りつづけたのだ）

洗濯物をかいくぐり、かいくぐり降りた。

外へ出て改めてそのビルを見ると、「××会館」とちゃんと書いてある。

悪い夢を見ているようだ。突然、異次元の世界へ足を踏み入れたような気持だ。さっき、扉のすぐ前で女がピカピカのメスを白い布の上に並べていたあの光景も、考えてみれば普通ではない。

ボーッとして石段の上に立ってあたりを見廻《みまわ》した。雨は降りつづいている。通りには歩行者の影もなく、車が往き交うばかり。そのとき、石畳の左手に雨天体操場のような、ホールのような建物が見えた。近づいて窓から覗くと、演壇に男性が立って話をしている。その前に並んでいる百名ほどの聴衆は男性ばかりだ。

今日の講演は企業の女子社員相手のものだった筈《はず》だ。とすると日を間違えたのだろうか？　だがハイヤーの運転手も私も、共に間違えるということはあり得ないから、その会社の、何課か知らないが指示を出した人が間違えたということになる。

このあたりから、私の胸は轟《とどろ》いて来た。

「胸が轟く」という場合、楽しくてわくわく轟く人もいるだろうし、あるいは不安に轟く人もいる。恋をして轟く、財布を落して轟く人もいる。しかし私の場合はいつも怒気によって轟きはじめるのだ。

轟く胸を抱えて私はその講演会場へ入って行った。演壇の講師が一瞬絶句したのは、私の顔が異常にひきつっていたためかもしれない。後ろの席にいた人が、ふり返って何でしょうかという。いきなり私はいった。

「私は講演を頼まれて出向いて来たものですが……ここがそうですか？」

相手は目をパチクリさせている。その企業の名前をいえばいいのだが、腹が立ってきているので思い出せない。すると別の人がいった。

「その会場はどこです？」

「××会館のホールですが」

「あ、それなら……」

と漸《ようや》く場所を教えてもらった。そのホールは石畳の右手の方の地下にあったのだ。

すみませんと謝って外へ出た。謝っているのに相手が恐縮したような怯《おび》えたような顔をしているのは、よほど私の顔が怖かったのであろう。

やっと会場へ到着する。

「や、お待ち申しておりました……」

と男の人が出て来た。

「ただ今、T先生がご講演中でございますので、こちらで暫《しばら》くお待ち下さい」

といわれる。薄暗い通路を通って案内されたのは舞台の裏の殺風景なだだっ広い部屋で、汚れたテーブルとパイプの組立椅子《いす》が二、三脚あるだけ。広い分、寒々しい。

舞台の方から、T先生の情熱的にかん高い声が流れてくる。

「T先生は何のご講演なんですか？」

「エチケットその他、女子社員の心構えというようなことを話していただいております。あと五、六分で終りますから、それまで暫くお待ちを……」

といってその人はどこかへ行ってしまった。

私はのどが乾いてしかたがない。ハイヤーの迎えが早すぎたので、昼食の後、お茶もろくに飲まずに出て来たのだ。その上ビルの六階まで、洗濯物の下をかいくぐり、かいくぐり登り降りしたためうろうろしたため、着物の肩はじっとり、濡《ぬ》れている。

暫くお待ちを……、といってさっきの人は出て行ったが、お茶を持って来てくれるのだろうか？　女子社員に持って行けと命令したのに、その女の子が忘れているのだろうか？　それともお湯を沸かすのに手間どっているのだろうか？　お茶の葉がないことに気がついて、買いに走っているのだろうか？

今となってはお茶でなくてもいい、水でもいい、という心境になった。しかし誰も出て来ないから、お水を下さいともいえない。

講演を頼んでおいてお茶も出さないとは何たる礼儀知らず！　なにが女子社員にエ

チケットを教える、だ。女子社員に教えるよりも自分が教わるべきではないか！　もう「胸が轟《とどろ》く」なんて段階ではない。怒り心頭に発している。

その時、舞台の方からT先生の極めて朗らかな大声が聞えて来た。

「よろしいですか、皆さん。怒ってばかりいると、怒り顔になりますよ。腹が立っても無理にニコニコしていることが大事なんです」

私は憮然《ぶぜん》として聞いている。漸《よう》や《》く終って私の番になった。カラカラののどで一時間しゃべって、元の部屋へ戻った。ふと見ると、テーブルの上にお茶が置いてある。

おや、お茶。今度は早手廻《はやてまわ》しね、と喜んで手を出した。すると、傍にいたさっきの男の人が慌て顔で、

「あっ！　それは……あの、……冷えていますが」

「いいんです。さめている方が……」

ガブガブ飲んだ。これはきっと間に合わないで私が演壇に立ってから出て来たお茶なんだな、と思いながら気がつくと男の人の姿はない。やがて別の人がやって来て、

車が来ましたという。帰りの車の中であっと思った。

――あのお茶は、あの朗らかなT先生の飲み残しではなかったのか……。

だからあの気の弱い男の人は逃げ出したのだ……。

――怒ってばかりいると怒り顔になる……。

そうかもしれない。しかし世の中には人を「怒り顔にさせ顔」という顔もありはしないか。その研究を私はしたい。

泥棒考

なぜこんなに泥棒と縁があるのかとつくづく感心してしまうほど、私はよく泥棒に入られる。

泥棒の中には留守を狙《ねら》って入ってくる泥棒もいれば、我が家で働いているうちに泥棒になるという泥棒、テレビ局の楽屋で、ハンドバッグの金を失敬する泥棒、白昼堂々と土足で乗り込んで来る泥棒（つまり強盗）など、いろいろある。

何年か前、泥棒にやられてばかりいる、といった文章を発表したところ、それを読んで来たという家政婦が、

「先生は、お口は悪いけど、お人が好《よ》すぎるんですよ」

といいながら、輪島塗金蒔絵《きんまきえ》のお椀《わん》十人前、抹茶茶碗《まっちゃぢゃわん》から白隠和尚の軸物、一番上

等の藍《あい》大島など、数百万円分をごっそり持っていった。そんないやらしい泥棒もいる。そういうのに較べれば、短刀と改造モデルガンを持って、

「佐藤愛子いるか！　お前が佐藤か！」

と凄《すご》んだ揚句、私が、

「それがどうした！」

といい返すと、一物も盗まずに遁走《とんそう》して行った、強盗未遂さんの方が、よっぽど親しみがもてるのである。

こんなに泥棒にやられてばかりいると、つい「泥棒馴《な》れ」してしまって、盗まれても平気でいる。形あるものはいつかは滅びます、などといって警察にも届けない。ま、義務として届けることはあっても、警察が泥棒を摑《つか》まえるために努力してくれることを期待したことはない（今までの経験上、そう思うようになっている）。すべては自分に落度がある、用心をしないからこうなるのだ、と思って自分をなだめる。そこまでわかっていてなぜ用心をしないのか、と人に訊《き》かれるまでもなく、自分でもなぜだ

ろうと思う。そう思いつつ、何もしない。何をどうすればいいのかわからないのである。

北海道浦河町の小さな集落の丘の上に別荘を建てた時、今度の家では泥棒と縁が切れるだろうと思った。こんなに泥棒にやられるのは、家相のせいですという人がいて、私はそれを信じたからである。しかも地元の人は、このあたりの人間は正直者ばかりで、泥棒なんて聞いたこともない。我々はどこへ行くにも戸閉りをして出かけたことはないし、クルマもロックしたことがない。そういう点は安心してよろしいといってくれたのである。

ところが泥棒なんて一人もいない筈のその集落の丘の上に、やっぱり泥棒はやって来た。都合三回である。すべて春先のことで、私が東京へ帰っている留守中である。

これで家相のせいではないことがはっきりしたのだが、そんなところに一軒家を建てれば、さあさあ泥棒に来て下さいよ、と呼んでいるようなものではないか、あなたの考えることはどうしてこう粗雑なのか、こうなるともう、フシギな人としかいうほかない。泥棒が悪いのじゃない。彼らを招き寄せるあんたが悪いんだ、と友達は歯がみせんばかりにじれったがるのであった。

第一回目の泥棒は、階段の明り取りのガラスを破って入って来た。それは外部からだと相当高いところにあるが、敵はその下にあったプロパンガスを踏み台にしたのである。そうしてレコードプレーヤーのダイヤ針を盗んで行った。その時の被害はそれだけだった。

二回目は浴室のガラス戸を割って入り、壁の鏡を外して持ち去った。

そして三回目は勝手口のドアの上にある明り取りのガラスを破って入り、またもやダイヤ針と、籐椅子《とういす》を一脚盗んで行った。

そこで私は考えた。

察するにこの泥棒は三回ともに同一人物で、ダイヤ針を二度も盗んでいるということは、音楽好きの若者にちがいない。彼はアパートの一人暮しをはじめて二、三年。家財はまだ整っていない。だから鏡を持って行った。それから籐椅子を盗んで行った。

今頃彼は、あの籐椅子に腰をかけてレコードを聞いているのだろう。その壁には鏡が懸っているのだろう。

おそらく彼はまだ独身である。だから今のところ籐椅子は一脚で間に合っているが、そのうち妻帯したらもう一脚、籐椅子が必要になってくるであろうから、来年の早春は残りの籐椅子が危い……などと想像力は盛り上るが、実際の防備の案になると何も出て来ない。

「目に見えないもので、家のまわりにめぐらせておき、触れるとビリビリッときてひっくり返るというようなもの、ありませんか？」

と訊《き》くと警察の人はニガ笑いして、

「ま、十分気をつけて下さい」

と敬礼をして帰って行った。気をつけて下さいといっても、東京にいて気のつけようがあるものか。結局はそんな所に家を建てたのが悪いのだ、といつものように自分に戻ってくる。

五月の末のことである。私は一人でその家にいた。ある日、東京の知人から電話がかかって来たので、私は窓辺に立って応答しながら前庭に目をやっていた。と、前庭の前方に開いている門から、老爺《ろうや》とも老婆とも判然せぬ頬《ほお》かぶりをしたもんぺ姿の老人が、出刃庖丁《でばぼうちょう》を片手にノコノコ入ってくるではないか。彼（あるいは彼女）は窓辺の私を見たが、いささかも動じる気配がなく、悠然と進んでくる。

——ついに来るものが来た！

一瞬、頭に閃《ひらめ》いたのはそういう思いである。

「ちょっとHさん……」

と私は電話の相手にいった。

「今ね、出刃庖丁提げた老人が門を入って来たのよ……（「エッ！」とHさん）ちょっと待って……」

受話器を置いて家中、走り廻《まわ》った。玄関、勝手口の鍵《かぎ》をかける。飛鳥の早わざ、窓という窓はすべて錠を下ろした。それからヤカンに水を満してガスに火をつけた。いざという時、――敵があの出刃庖丁でガラスを割って押し込んで来た時は、ヤカンの熱湯をぶっかけて、ひるむところを椅子《いす》で殴る――それが咄嗟《とっさ》に考えたことである。

そうして窓辺に戻ったが老人の姿は見えない。老人は家の後ろへ廻ったらしい。

「もしもしHさん」

と私は電話に向っていった。

「今、家中の窓を閉めたんだけど、敵の姿は見えないのよ。どうやら家の後ろへ廻ったらしいわ。私はこれから戦いますからね。もしかしたら、これが私の最期の声になるかもしれないから、よく聞いておいてね」

「またまた、なにをいうかと思ったら」

とHさんは笑って取り合ってくれない。

「とにかく、一応切りますからね。一時間経って連絡がなかったら、一一〇番してちょうだい」

そういって丁度沸き上ったヤカン片手に表へ出てみた。家の後ろをぐるーっと廻って行くと、裏庭の雑草の中にさっきの老人がしゃがんでいる。あの出刃庖丁で蕗《ふき》の根元を切っている。

彼は山菜採りの老人だったのだ。

「こんにちは」

と彼がいうので、

「こんにちは」

ヤカンを提げた私はそう答えたのであった。

しかし、無断で人の家へ入って来て、勝手に人の庭の山菜を取って行くとはねえ。だが「こんにちは」といったからには多分彼は泥棒ではないのであろう。

思い出話

娘を相手に昔の思い出話をしているうちに、「耳ダレのタケチャン」という男の子の話が出た。耳ダレのタケチャンは喧嘩《けんか》が強く、子分を引き連れて学校帰りの我ら女の子を「通せんぼ」したり、意味もなく追いかけて来たりした「恐怖の耳ダレコドモ」だったのである。

「その耳ダレタケチャンが……」

といいかけると、娘が話の腰を折った。

「耳ダレって何なの?」

「あんた、耳ダレ知らないの!」

私は驚いてしまった。

「耳ダレというのはね、耳の中から、ウミみたいなものが出てくるのよ」

「汚いねえ！」

　と娘は顔をしかめる。

「なんでそんなものが出てくるのよ？」

「慢性中耳炎なんでしょ、多分。でも昔は耳ダレなんかちっとも珍らしくなかった。耳ダレ、ハナタレ、あっちにもこっちにもいたもんよ。ハナタレ小僧にも二色あって、水バナと青バナに大別されている。水バナ組の中には、冬季、鼻の下の二筋の水バナに砂埃《すなぼこり》がついて薄黒くなったやつが、ご丁寧に凍っているという格好のや、袖口で横殴りに拭《ふ》いた跡が頬《ほお》っぺたの方に残って、そのまま乾いてテカテカ光ってる、というのもあったわ。青バナの方は、これは分量が多くて太い。それが鼻の穴から垂れて来て、だんだん下ってゆき、唇の上スレスレに下って来て、あっ、口に入る！……と思った途端、ズルッと吸い上げられる……と間もなく再び鼻の穴からおもむろに姿を現して……」

「やめてよ、汚い！」

娘は悲鳴を上げる。

「そういえば」

と私は思い出した。

「眼チャチャの子供も沢山いたわ」

「眼チャチャ？　何よ、それ」

「大阪じゃ眼チャチャっていうんだけど、東京じゃただれ目とでもいうのかねえ。目の縁が赤くただれてジクジクしてる。それを乾燥させるために紫色の薬をつけてるのよ。だから目のまわりは紫の隈どりしたみたいになってるの」

「凄《すご》いねえ。それで学校へ行ってるの？」

「そうよ。それから男の子のハゲも多かったわ。ジャリッパゲ、一銭ハゲ、三日月ハゲ、タイワンハゲ……」

「どうしてそんなにハゲがあるの？」

「つまり昔の男の子は皆、丸刈りだからハゲが見えるのよ。そのハゲは、たいていおできとか怪我《けが》とか、そんなものの痕跡《こんせき》だけど」

「汚いねえ、昔の子供は。ハナをたらして、耳ダレ出して、目の縁は紫の隈どり、頭はハゲ……まるで妖怪《ようかい》じゃないの」

「それにまだある。アクチが切れてるものもいたわ」

「アクチってなによ?」

「唇の両端のところが白くただれてるの」

「愈々《いよいよ》ゲゲゲの鬼太郎の世界だぁ」

「それに、そうだ! シモヤケ、アカギレ! 手の指や甲の皮膚が赤紫色になって、その上に方々割れて赤い肉が見えてるの、ジクジク血が滲《にじ》んでて」

私はだんだん調子づいて来た。

「その上に、ノミ、シラミもたかっていたしね」

「シラミってどんなの?」

「あんた、シラミも知らんの？　ハナシにならん！」

と威張る。

「頭につくのがシラミです。髪の毛に卵を産みつけるから、酷《ひど》い時は髪の毛にびっしり白い点々がついてるの。シラミの親は頭の血を吸うから痒《かゆ》い。子供がガリガリ頭を掻《か》きはじめると、何や、アタマばっかり掻いて、シラミでもいるんやないか、と親は気がつく。ノミは頭につかないで身体について血を吸う。シラミは跳ばないけど、ノミはよく跳ぶから、教室に坐《すわ》っていても、隣の子供の襟《えり》もとなんかから、ピョーンと跳んで来て、こっちへ移る危険があるの」

「ママはいったい、どんなところに住んでたのよ？」

「鳴尾村という苺《いちご》の名産地」

と答えて思い出した。

「村中苺畑ばっかり。それで子供がみな、お腹に蛔虫《かいちゅう》を持っていた……」

「なにィ？　カイチュウ？　お腹の中に虫がいるのぉ！」

「そう、蛔虫、知らないの?」

「知らないよう、そんなもの! 蟯虫《ぎょうちゅう》のこと?」

「蟯虫なんてあんなもの、蛔虫に較べたら、殿サマと足軽ですよ! 蛔虫は、ミミズを太くした白い虫で二十センチから大きいのは三十センチ以上あってどんどん増える。腸の中が蛔虫でいっぱいになると、仕方なく虫は小腸から胃の方へ上って来て、口から出て来る」

「えーッ」

「学校の廊下にペタッとそんな虫が落ちていたことがあったわ」

「きゃーッ! でもなんで、そんな虫がいるの?」

「昔は化学肥料じゃなくて、下肥を使っていたから……わかる? 下肥というのは人間の糞便《ふんべん》のことよ。――ああ、こういちいち説明をしなければならないのが情ないよう……で、その糞便に蛔虫の卵が交《まざ》ってる。それを野菜、苺《いちご》にかける。だから苺を食べる時はよくよく洗わなければいけないとおとなはいうけど、学校の行き帰りは必ず苺畑の中を通るから、男の子なんかはみな、チョイと摘んでそのまま口に入れてしまう。蛔虫の卵はストレートにお腹に入って行くというわけよ。蛔虫はどんどん増えて、中にはからみ合って毬《まり》のようになって出てくるのもあったし……」

「ぎゃあ！」

「一番長いので一メートルに近いというギネスブックに載せたいようなのもあったし」

娘、声なし。ただ顔をしかめている。

「蛔虫がいると、食べたものの栄養分はみな蛔虫が取ってしまうから、だんだん痩《や》せて青くなって、食べて食べて食べまくる。親は子供の顔色見て、えらい痩せて青いなあ、こりゃ蛔虫やないか、と気がつく。そうだ、耳ダレのタケチャンも、体操の時間に口から蛔虫が出て来たので、先生がつまんで引っぱり出してやったというよ」

――まったく、あの頃の子供はたいへんだった。いろんなものに耐え、戦わなければならなかった。子供が耐えたのは、親の無理解ばかりじゃないよ。耐えると知らずに耐え、戦うと知らずに戦い、そうして鍛えられた。それが昔の子供である！

今の子供はいったい何に耐え、何によって鍛えられるか！　蝈虫も知らず、耳ダレ、眼チャチャも知らず、ボッチャン刈りにしてハゲも出来ずヘナヘナばかり……と叫べば、万感《ばんかん》迫って目が潤み、耳ダレのタケチャンについて何を話すつもりだったのかわからなくなったのであった。

親友との会話

不動寺の和尚さんは私の十年来の親友である。不動寺は新冠《ニイカップ》という町の、新冠川の畔《ほとり》にある。その川で和尚さんが狐の憑《つ》いた女の人から、憑いた狐を落とすのを私は見たことがある。

和尚さんは白い褌《ふんどし》をしめて川に入り、狐憑きの女の人もズロースひとつの裸で、川の真中で和尚さんと向き合う。女の人の頭の上には桟俵《さんだわら》が乗せられ、その上に玉子と油揚げが置かれている。和尚さんは片手を女の人の肩に置いて、声高らかに経文を唱えた。後で聞くとそれは「不動明王の真言」と「竜神の真言」だそうであるが、私の耳には、

「オン、ソラスバテイイエイソワカ」

という言葉だけが残っている。それから和尚さんは勢よく九字を切って、

「エイッ！」

という気合とともに肩に置いた手に力を籠《こ》めて女の人を川の中に押し込んだ。女の人は頭の中まで水中に没し、一瞬にして引き上げられる——と、同時に頭の上の玉子と油揚げは川下へ向って流れて行った。

それで女の人に憑いていた狐は落ちたのである。女の人が頭まで水の中に入ってしまうと、狐は溺《おぼ》れてしまう。狐は水を嫌うから、咄嗟《とっさ》に頭の上の桟俵に飛び乗り、そのまま川下へ流れて行ったのだ。

それを見て私はすっかり感心してしまった。その前まで目を吊《つ》り上げて飛び跳ねていた女の人は、川から上ると柔和な丸い顔に変った。彼女は濡《ぬ》れた髪を拭《ふ》いて小ざっぱりとまとめ上げ、お寺の庫裏《くり》で羞《はず》かしそうにお茶を飲んでいた。

この話をすると、殆《ほとん》どの人は私を嘲笑《ちょうしょう》する。反論するのもバカバカしいという顔をする。だが何といわれてもそれは実際に私がこの目で見た情景なのである。

私と和尚は「クスリ嫌い」という点で意見が合う。殊に和尚は「抗生物質は骨を溶かす」という持論を持っていて、例えば種なしブドウ、あれは抗生物質を注射しているために種がない。あんなものを食っていると、人間もそのうちタネなしになってしまう、というが、その意見については私はただ傾聴するに止めている。

ある時、私は散歩の途中、よせばいいのに小溝を飛び越えようとして、木の根に足を取られて転んだ。砂利道で手を突いたために、手のひらがすり剝けて薄く血が滲《にじ》んでいる。そのすり剝《む》きはたいしたことはないが、手を突いた拍子に右手の親指を突き指したため、みるみる腫《は》れ上って行った。

もの書きを業とする私には大事な右手だ。しかもかねてより腱鞘炎《けんしょうえん》の気《け》のある右手である。病院嫌いの私も急いで町の病院へ行った。レントゲンを撮ってもらって、心配はないといわれてひと安心し、帰ろうとしたら治療をしますといわれた。手のひらのすり剝きを消毒し、塗布剤を塗って包帯を巻く。その上袋がハチ切れんばかりの飲み薬をくれた。曰《いわ》く痛みどめ、曰く化膿《かのう》どめ。

「すり剝きに対してですよ！」

と私は和尚に訴えに行かずにはいられない。和尚は忽《たちま》ち怒って、私の期待通り、

「バカモンが！」

と怒鳴り、

「そんなもん、ツバつけといたらいいんじゃ！」

「私もそう思うんです……けど、もし化膿したらいけないからというのよ。お医者さんは……」

「ツバキの中には、バイキンを殺すもんがちゃんと入ってるんじゃからな。犬でも猫でも、怪我したら傷口を嘗《な》めるのはそれを知ってるからじゃ」

「我々の子供の頃は、コブでも切傷でもたいていツバつけとくだけだったわ」

「その通り。そんなもん、転《こ》けて出来たスリムキが膿《う》むようじゃ生きる資格ないわ」

「ほんと、ほんと」

と実にウマが合う。

十年ほど前に、私は胆嚢《たんのう》に石があって、疲れると必ず胆嚢炎を起こして苦しんでいた。いろいろ手だてを尽したが、手術をするほかに方法はないと専門病院でいわれるようになり、ためらっているうちに、それまで嫌いだった大根おろしとトマトがやたらに食べたくなって来た。そのほかはご飯も肉も魚も何も食べたくない。来る日も来る日も大根おろしとトマトばかり食べている。中毒になったように食べて、気がついたら痛みが起らなくなっていた。

察するにこれは、私のうちなる自然治癒力《ちゆりょく》が働いて、私にトマトと大根おろしを食べさせたのだと私は思う。身体に悪いものは「食べてはいけない」といわれる前に「食べたくなくなる」――。本来、動物はそのようにして健康を保って来たのではなかったか。

「そうじゃ、その通り。犬を見てみい、猫を見なさい。あれらは腹具合が悪いと青草を食って直しおる。あれと同じじゃよ」

なんだか私は犬猫ナミという感じだが、それにしても、薬よ、注射よ、医者よ、手術よ、と他人に頼っているうちに、本来持っていた自然治癒力が磨滅して来て、現代人は長命だが病弱になって行くのではないか？

何かというと病院に走る。そのため病院はいつもお祭りみたいに人が集っていて、漸《よう》く診察の順番が廻《まわ》って来た時はヘトヘトになり、下っていた血圧も上るという有さま。それに気がつかず、なに血圧が二〇〇！　たいへんだ！　と心配してよけい血圧が上る――。

「うん、そうそう。その通り、病院はいかん」

とますます気が合う。

「だいたいからが、胆石みたいなもん、手術なんか必要ない。一番簡単な方法はじゃな、胆嚢《たんのう》の上に板を置いてな、上から力まかせに殴るんじゃ」

「えっ」

さすがの私も驚いた。

「力いっぱい、バシッ！　と殴るんじゃ」

「へえ」

「そしたら胆嚢の中の石が砕ける——」

「………」

「殴る時、板を間に挟んで殴ると、バーンと響いて倍の効果が出よる。頭殴る時でも、板を置いて殴ってみい。そんなもんイチコロじゃ」

「………」

「胆嚢に板置いてバーンと殴ったら中でコナゴナに石が砕け散る。あとはカンタンだ。勝手にショウベンにまじって出よるわ……」

「はあ……しかし」

私はいった。

「砕けた石は角が尖《とが》ってるでしょうからね。胆嚢から出る時、痛いわね」

「そら痛い」

「そら痛いって……それは相当なもんですよ」

「今度石ができたら、ワシがそれをしてあげる」

「はあ、しかし」

「そんなもん、いっときの辛抱だ」

親友とのつき合いも、なかなか大変なのである。

独り言

いつ頃からのことか、独り言をいっている自分に気がつくようになった。私の娘は響子という名前だが、気がつくと、

「キョーコ！」

「キョーチャン！」

と呼んでいる。独り言であるからべつに用事があって呼んでいるわけではないのだが、「ハイ」と返事をされたり、「なあに？」とやって来られると、咄嗟《とっさ》に用事を考えなければならない。

「いや、なんでもない、独り言」

といえばいいものを、なぜかいえない。多分、恥ずかしいのである。

娘がまだ子供の頃はごま化しが効いたが、成長するにつれて見抜くようになり、わざと、

「ハイ、何ですか？　何の用？　呼んだんでしょ？」

としつこくいうのが腹立たしい。だが、怒るわけにいかないのである。

独り言は遺伝するのか、私の父も年中独り言をいっている人だった。

「アイチャンや、アイチャンや」

と暇さえあればいっている。客や出入りのご用聞きなどがそれを聞いて、

「佐藤さんの家へ行くと、ご主人が末のお嬢ちゃんの名前ばっかり呼んではる。よっぽど可愛いんですなぁ」

というのであった。

その頃は私も父の独り言に対して、わざと返事をして困らせたものだ。書斎や庭から「アイチャンや」が聞えてくると、

「ハイ」

急いで行ってぬっと顔を出す。父は今の私のようにごま化そうとはしないで、

「何でもない」

ちょっと不機嫌にいう。「そうですか」といって引っ込んで次の「アイチャンや」が出るのを待ちかまえている。

「アイチャンや」

「ハイ」

待ってましたと顔を出す。

とうとう父は、

「なんだ、うるさいな。折角ひとが独り言を楽しんでいるのに」

と怒ったのであった。

父の独り言は、「アイチャンや」から「どうした？　え？　どうするね」という言葉に変化して行ったが、私もこの頃、「キョーチャン」から「うるさい！　何だというんだ！　いったい」に変ってきた。

先日、講演で旭川へ行った帰り、何分にも強行スケジュールのこととて疲れ果ててぼんやりと空港のベンチに坐《すわ》っていた。目の前を三つくらいの女の子を連れた若いお母さんが歩いている。そのうちお母さんがあまりに早足に歩くので、女の子が転んでわッと泣き出した。そのまま泣きつづけてやまない。遠い景色でも見るように、私はうつろにその光景を見ていたのだが、ふと気がつくと私は、

「うるさい！　何だというんです！」

といっているのである。

隣に坐っている人が怪しむように私を見ているので、私は気がついた。しかし、その見知らぬ人に「今のは私のいつもの独り言です」とはいうわけにはいかなかったのである。

独り言をいうのは、何か恥かしいことを思い出していたたまれなさを感じた時に、それを紛らせようとしていうものらしい。何人かの作家が、独り言をいっている自分についてそう書いているのを読んだ憶《おぼ》えがあり、へんに安心したことがある。どうや

らもの書きに独り言をいう人が多いらしいのは、それだけもの書きは恥かしいことを沢山していることなのか、それとも恥かしさに対して敏感なのか、確か太宰治の作品の中にも、「助けてくれェ」だったかの独り言をいう自分について書かれたものがあったと思う。

しかし、それは若い頃——少なくとも三十代、四十代の独り言であって、六十代ともなると独り言の質も変化して来て、何の意識もなく、ただ、うっかり、ぼんやり、無意味に呟《つぶや》いているという形になって来る。これは老人ボケの初期の症状であるにちがいなく、独り言をいう自分の声が聞えてきてはじめて気がつくのだが、やがてそのうちにそれにも気がつかなくなって、周囲の人を驚かせて自分は澄ましているという状態になって行くのであろう。

この夏、北海道の私の家へ北杜夫さんが遊びに来た。私の家は山の上の一軒家、無《ぶ》聊《りょう》を紛らせるために外国映画のビデオフィルムを何本か用意している。その中から私が恐怖映画の傑作であると信じている「シャイニング」を選んで北さんに観せた。

その映画がどのように傑作であるかを説きたいが枚数の都合上断念することにして、ここにはただ、雪深いコロラド山中の、冬の間閉鎖されている大ホテルの管理人が、長年にわたってホテルに巣喰《すく》ってきた悪霊に憑《つ》かれて妻子を殺そうとし、遂に雪の中に死んでしまう話である、という説明だけに止めておく。

そのようなストーリーであるから、画面には何年か前に殺された双生児の少女や、老婆の幽霊などが出没する。また、幽霊たちがさんざめく一九二〇年代の大ホールも突然出現する。そしてそれと並行して悪霊に取り憑かれた主人公が、次第に狂気に陥って行くのである。

「うーん、これは傑作だ、これは面白い映画だねえ……」

北さんはそういって観ながら時々、質問する。

「あれはユーレイですか？　あれはいつ死んだ人です？」

「ですからね、この管理人の前の管理人の幽霊なんですよ。前の管理人も妻子を殺して自殺してるのよ」

と説明する。

「ああ、そうですか。なるほど、なるほど……。これは怖いねえ……」

そういって画面に目を凝らすうちに北さんは突然、

「アイしています」

といった。

「え?」

訊《き》き直したが黙っている。画面はやがて狂った管理人が斧《おの》を持って我が子を追っかけ廻《まわ》すシーンになった。観る者みなが息を呑《の》むシーンだ。

と、北さんはいった。

「アイしてます……」

映画が終るまでに都合六回、北さんは「アイしてます」と呟《つぶや》いたのだったが、後で聞くとそれがこの何年間かの北さんの独り言なのであった。

ある時などはホテルのエレベーターの中で突然、

「アイしてます」

といったそうで、その時、北夫人はエレベーターが開くなり、他人のような顔をしてさっさと歩いて行ってしまったとか。

これはふと思い出した恥ずかしさを紛らせるための独り言なのか、ぼんやり、無意味にふと出てきたものなのか、それは私にはわからない。それにしても、

「うるさい！　何だというんです！」と、

「アイしてます！」

と、どっちがマシだと思いますか？

空飛ぶ文字

北海道の家にいる夏の間、原稿は何で送るのですか、ファックスですか、とよく訊《き》かれる。なんでも地方在住の忙しい作家にファックスを使う人が多いのだそうである。

しかし私はファックスですか、と訊かれると、

「ファックス使うほど、私は流行作家じゃないですよ！」

むっとしていう。ファックスを使うんですかと訊いただけでむっとされたんじゃ相手の人は立つ瀬がないと思うが、ついそうなってしまうのだ。

ファックス、ワープロ、パソコン、私はどれも嫌いである。嫌いなのはそれがいったいどんなものなのか、何度説明されてもわからなくなってしまうからで、そういう何度聞いても呑《の》み込めないようなものが当然のように世の中にはびこって行って、ま

るで電燈のスイッチを捻《ひね》るように皆が使っているのに、私ひとりがわけがわからぬままに取り残されているというのは不愉快である。

私の亡母は留守番電話や電話天気予報の仕組みがどうしてもわからず、

「どうもお邪魔しました。ありがとう。お忙しいのにすみませんでしたねえ」

と挨拶《あいさつ》していた。それを娘と一緒になって笑っていたものだが、その私が今、似たようなことになりつつある。まったく、何という世の中だろう。「落ちこぼれ」はもはや子供だけの問題ではなくなりつつあるのだ。

夏の一日、私がのんびり長椅子《ながいす》に横になってテレビの「遠山の金さん」を見ていると、東京の雑誌社から電話がかかってきた。切羽詰った甲高い声が、対談のまとめ原稿をチェックしてほしいが、速達で送っていたのでは間に合わない。ついてはそちらの町にファックスがあるところはないでしょうかという。

ファックス！

聞くたびにムカつくファックスがあるところなんて、知るわけがない。第一、ファックスがあったとしても、それでどうなるのか私にはさっぱりわからないのだ。ここは田舎ですからそんなものないですよ、とよく考えもせずに答えた。間に合わなければ原稿はチェックなしでお委《まか》せします、というと電話の主は逆上気味で、いや、何とかして手を入れていただきたいんです、と叫ぶ。だけどしようがないでしょう。あなたの方は明日までに必要なんだから。（だいたいそんなギリギリまでまとめ原稿を書かなかったということがそもそも編集者としてなってないよ！　私をごらん！　ファックスなんか使う必要がないように、いつだってちゃんと締切に間に合せているじゃないか！）とカッコの中は心の中でブツブツいって、電話を切った。

暫《しばら》くしてまた彼女から電話がかかってきた。

「ファックスがありました！」

と叫ぶ。

「なに、ファックスがあった！　どこに？」

「そちらの町の郵便局へ電話をかけましたら、とても親切にして下さって、郵便局にはファックスはないんだけれど、NTTにあるかもしれないから問い合わせてあげるといって……」

チェッ、郵便局め、余計なことを！

「それで今、返事を下さって、NTTにありましたって……」

「………」

「それで今からすぐ、送りますから、すみませんけど受け取って、手を入れてまたファックスで送っていただけませんでしょうか」

「私がNTTへ受け取りに行くんですか？」

「郵便局の方が受け取って、そちらのお宅へ届けて下さるそうなんです。ほんとに親切な郵便局で、私、感激しました……では……」

やがて坂を上ってくる赤いスクーターが見えた。郵便局のスクーターだ。

「お待たせしましたァ」

といつも愛想がいい。

「はい、ご苦労さま。すみませんねえ。わざわざ。郵便局の仕事でもないのに、ごめんなさいね」

と謝る。なんで私が謝らされるのだ、と思いつつ。すぐ原稿を開いて読み、手を入れた。

そこまではいいが、その後が問題だ。これをファックスなるもので送らねばならぬのである。娘の運転で町のNTTへ行った。町の中心地へ行くのにバスを使うと、二時間に一本しかないのだ。車なら二十分くらいで行く。

緊張してNTTへ入って行った。

「あのう、ファックスを貸していただきたいんですけど」

「ハイハイ、どうぞ」とこの町の人は、どの人もみな、本当に親切でいい人ばかりだ。

だが、「ハイハイ、どうぞこちらにあります」といわれても、何をどうすればいいのか、皆目わからないのである。どうするんですか、と訊《き》くのも業腹——というより恥ずかしいので、「ではこれを」とさし出した。そうすれば先方がやってくれると見込んだのである。見込み通り、相手の男性は原稿を受け取って、なにやら妙な（としか私には形容のしようがない）キカイの間に原稿の一枚をはさみ込んだ。原稿用紙はスルスルと消えて行く——とその時、私はそう思ったのである。「消えて行く」と。なぜかそう思い込んだのだ。

「ずいぶん赤で書き込んでありますね？　この赤の字、よく出るかな」

と呟《つぶや》く声が耳に入ったとたんに、私は叫んでいた。

「あ、ウツシを取っておくのを忘れた！」

男の人は知らん顔をして二枚目を手にしている。

「ちょっと待って下さい！　ウツシを取ってないんですよ！　もし先方で赤の字が読めないといって来た場合……ウツシがないと困るわ！　ああ、どうしよう！　何か書くものありません？　紙と、ボールペン……貸して下さい……紙、紙……」

ひとりで騒ぎ立てた。相手の人はいぶかしげに騒ぐ私を見ている。後ろの方で机に向っている人たちも、みな顔を私に向けて呆気《あっけ》にとられている。

その時、後ろで娘がいった。

「大丈夫だってば、ママ。落ちついて見てごらん。ちゃんとこうして出てくるんだから」

娘はポカンとしている私を悟すようにいった。

「紙が消えてしまうわけじゃないのよ。ただ、文字だけが送られるだけなのよ」

「なに、文字だけ送られる！」

なんだってそんなことが出来るんだ！

「怒ったってしようがないのよ。とにかくそうなんだから」

NTTの人は、いったいなんでいきなり私が興奮して騒ぎ出したのかわけがわからぬままに、愛想よく笑って私を見送ってくれたのであった。

「ママは原稿用紙が消えてしまうと思ったんでしょう？　そうでしょう？」

私、無言。答えたくない。

「驚いたなァ。原稿用紙が空を飛んで東京へ行くと思ってたのね？　そうでしょう？」

「まさか。いくらママだって」

といいつつ、実はそう思っていたのである。

たしなみ考

北海道の私の夏の家に、杉浦孝昭さんから電話がかかって来た。

「アソビに行っていい？　二泊三日くらいで」

「うん、いいよ」

「うれしい！　じゃ行くネ。なんかおかず作って行くわ。大根とトリの炊き合せなんかどう？」

「うん、いいねえ」

「ほかに何か食べたいものある？」

「こっちは魚は新鮮だけど、野菜に飢《う》えてんのよ。みんな自給自足だから、店で売ってるのはヨレヨレの野菜ばっかりなんだ」

「そうなの、じゃあ何か見つくろって作ってく……」

と、どっちが男だか女だかわからないような会話を交した数日後、杉浦孝昭さんはやって来た。杉浦孝昭さん、即ち「おすぎ」である。

「キンピラゴボウも作って来たのよ」

とタッパーウェアを取り出す。

「こっちは大根とトリの炊き合せ。ちょっと食べてみて」

私は指でつまんで口に入れ、

「うん、イケる」

「おいしい？」

「うまい……」

となぜか、男をやらなければいけないような気分になってしまった。

おすぎは某女性誌の女性編集者と男性カメラマンとの三人連れである。アソビがてら対談を一丁やって、アソビを仕事にしてしまう（あるいは仕事をアソビにしてしまう?）ところ、さすがである。

対談なんか明日でいいよ、ということになって、酒盛りの用意をはじめる。酒盛りの用意といっても、お客のおすぎがはじめるのであって、私の方はポカーンとしている。

「ね、ピーマンない？　ピーマン」

とおすぎは台所で叫んでいる。近所のよろず屋（鍋《なべ》も野菜もゴム草履も肉も売っている）にはピーマンなど売っていないから、家の者が車で十五キロ走ってピーマンを買いに行った。買って来たピーマンをおすぎは手に取ってしげしげと眺め、

「うん、まあ、これならいけるでしょ」

と肯《うなず》くところベテラン主婦なみである。それからおすぎはピーマンを二つ割りにしてお湯にくぐらせる。

「こうしてお湯にくぐらせると、色がきれいに上って、シワシワにならないのよ。ね?」

と娘に教えつつ、タッパーウェアをもう一つとり出した。中にあるのはヒキ肉を練ったもので、つまりピーマンの肉詰めを作ろうと、彼女（！）はつめものまで用意して来ていたのである。

おすぎの手料理と、近所の漁師が持って来てくれたイカやメヌケの刺身などをテラスのテーブルいっぱいに並べて酒盛りがはじまった。日はいくらか傾いたが、まだ、日暮には間がある。海は穏やかに輝き、頭の上を大きく鳶《とんび》が舞っている。まずビールで乾杯する。

「いやあ、シアワセ！　こういうお客はいいねえ！　毎週でも来てよ！」

と私は上機嫌。おすぎの方は、

「ワイン、そろそろ冷えたんじゃない」とか「お刺身、おいしいわよ、はい、取ってあげる……」とか、忙しく気を配って、どっちがお客でどっちが主人なのかわからない。

「ねえ、ヤキブタがあったでしょ。あれを忘れてたわ。出したらどう？」

と私がいうのを聞いて、おすぎ、

「それは明日にとっとくのよ。今日はこれで沢山」

どこまでもいいおかみさんなのであった。

その夜と次の夜、おすぎは町の小さな旅館に泊った。私の家では客用の部屋を用意していたのだが、おすぎは遠慮をして旅館に部屋を取ってほしいといったのだ。そこで女性編集者とカメラマンとおすぎと、それぞれ一部屋ずつ取り、夜更けに三人は旅館の方へ寝に行った。

翌日は、我が家で対談を行うことになっている。昼すぎ、三人はやって来た。

「あの旅館、どうだった？　よく眠れた？」

「ええ、よく眠れたけど、ひとつの部屋が臭くてねえ。トイレが近くて、その臭いがするのよ」

おすぎはいった。

「それで、一つの部屋に二人一緒に寝ることにしたんだけど」

「カメラマンとおすぎが一緒に寝たの？」

「ちがうわよ」

「ちがう？」

「わたしとSさん（女性編集者）が一緒の部屋よ」

「えーッ！　ほんとに！」

Sさんはそばで笑っている。おすぎはいった。

「だってそうでしょう。男の人と一緒の部屋に寝るわけにいかないじゃない」

「さすが！」

と膝《ひざ》を打てば、

「これがおかまのたしなみよ」

とおすぎはいったのであった。

その後、私は東京でさる初老の男性数人と食事をする機会があり、あれこれ雑談するうちに、一人の初老さんがいい出した。

「まったくこの頃は女らしい女というのがいなくなりましたねえ」

「そうですねえ。色気のある女もいなくなった。いやもうひどいもんです。会社でも人が見ているのに平気で屑籠《くずかご》を足で引き寄せるんですからね」

「うちの娘なんか、パパ、トイレットペーパー持ってきてェ、なんて便所の中から怒鳴るんですからなあ」

「それにホステスがひどい。客の前で平気で痔《じ》が痛くって、なんていってる。たしなみというものがない」

「それをサービスと心得てるんじゃないですか？」

「いや実はぼくもそう考えたりしたんですがね。そこまで開けっぴろげにいうのが心安さを見せていいと思ったのかなあなんてね」

「どうしてこんなになってしまったんでしょう。やっぱり家庭教育が悪いんですかね？」

と初老さんたちは一斉に私の方を向いたが、

「いや、やっぱり時代の趨勢《すうせい》というものでしょう。女が女らしくならなければならないとは思わなくなったように、男も男らしくあらねばならないと思わなくなったんですから。女だから女らしく、男だから自然に男らしくなるものじゃなくて、やっぱり努力して女らしく、男らしくなって行くんでしょうからね」

「今は皆、なりゆき任せで努力しない?」

「今、努力しているのはおかまさんだけです」

とおすぎの話を紹介すれば、

「うーん、えらいもんですなあ。うちの娘に聞かせてやりたい」

と初老さんたちは感心したのであった。

自然とのつき合いかた

六十四歳の新春を迎えて思うことは、ただただ新しい一年をつつがなく過したいと念じることだけである。そうしてああ私もついにそういう年頭所感を抱くに到ったかと感慨無量である。

去年まではそういう所感など、カケラも頭に浮かばなかった。年末年始もあるかいな、とただ気忙しく落ちつかず、前線の兵士のようにあくせくして年が暮れ、年が明けていたのだ。

「つつがなく」などと思うようになったのは、私のエネルギーが老い衰えてきたためもあるし、世の中の平和の底に何やら不気味にうごめくものを感じるためかもしれない。私はこの頃、エイズの発生や、世界の各地で頻発している大地震や火山の爆発は、我々人間の「我らに不可能はなし」といった科学への信奉と自信・傲慢《ごうまん》さに対する造物主の警告ではないかと考えることがある。

三原山の噴火が「ご神火《じんか》」だったのは、人間の心の中に造物主の力をかしこみ畏《おそ》れるという謙虚さがあった頃のことだ。遠くから噴煙を眺めて畏怖《いふ》して拝んでいた人間は、やがて山を崩して道をつけ、車を走らせて噴火を見物するようになった。三原山が爆発したと聞くと、観光客がどっと押しかけ、地元は商売繁昌だと喜んだという。「ご神火だから我々を守ってくれる」といっても、お山の方としては、「勝手な時だけご神火ご神火というな」という気持かもしれないではないか。

ところで北海道の我が家は草原を見下ろす草山の上にある一軒家で、冬は海から吹き上げる風と日高山脈が吹き下ろしてくる風とがぶつかって、目の前で粉雪が渦を巻いているという家である。雨戸を閉じ、二重のガラス戸を立てていても、隙間《すきま》風のためにカーテンが翻る。水は凍《い》てつき、ストーブの火は煙突を吹き降りてくる風のためにゴウゴウと一日中、鳴っている。顔も洗えず一杯の茶も飲めない。はじめて経験する北海道の冬だった。部屋はストーブを焚《た》きつづけて漸《ようや》く温度を保っているが、一歩部屋を出ると廊下には吹きすさぶ寒風の隙間風が舞っていて、浴室や手洗いに行く時は、一目散に廊下を走るのである。

えらいところに家を建ててしまった、と後悔しつつ顔も洗わぬまま、お茶を飲ませてもらいに雪に埋もれた坂道を麓《ふもと》の集落まで出かけて行った。

「とんだところに家を建てたもんだね」

とお茶をいれてくれながら麓の集落に住む漁師がいった。

「草山のてっぺんだもんな。あすこじゃ狐も逃げ出すべ」

「うちの裏の空地に建てればよかったのに」

「冬も住めるように出来るべよ。金をかけたら、何でも出来るべさ」

口々にいわれ、私は「うーん」と唸《うな》って元気を失った。金をかけたら何でも出来るべさといわれても元気は出ない。かける金がないということばかりでない。金をかけて冬も住めるようにしたいという気持がわいて来ない。

——人間の分際を知れ！

その時私は、風や雪にそういわれたような気がしたのだった。

やがて春が来た。北海道の春は五月だ。

雪が解け、北風は鎮まり、枯色の野に少しずつ青みが射して来たと聞いて私は草山の家へ行った。もう手洗いに行くのに廊下を走らなくてもよかった。麓《ふもと》へ下る山道には土筆《つくし》が伸び、野蕗《のぶき》が漸《ようや》く黄色い花をつけている。いつも滞在中に借りることにしている犬のシロを連れて散歩に出た。シロは東京の我が家で生れ、仔犬《こいぬ》の時に近くの牧場に貰《もら》ってもらった犬だ。我が家がある草山の下は牧草の草ッ原で、私はそこを犬と一緒に走るのが好きである。

その時もシロの後から走っていた私は、草ッ原の外れに沢があることに気がついた。そこは今までに始終行っていた場所だが、いつも季節が夏だったために、沢のまわりに生い繁った柏《かしわ》やいたどりの葉が沢を隠していたのだ。

シロを呼びながら葉の落ちた柏の枝の間をふと覗《のぞ》いた私の目を、一瞬、まっ白な沢の底がかすった。

——五月といってもまだ沢の底には雪が残っているのだろうか？

そう思って立ち止り、改めて覗き込んだ。そうして私は思わず声をあげていた。雪だと思ったものは、水芭蕉《みずばしょう》の花だったのだ。群生した水芭蕉の、ラッパ型に開いた花や、白い手が合掌したような蕾《つぼみ》が、隙間《すきま》もなく沢の底を埋めている。あくまで純白に、あくまで無心に咲いている。

その時私が感じたのは、その純白の絨緞《じゅうたん》の美しさへの驚きというよりも、ああ、こんなところにも春がちゃんと来ている、という感動だった。その沢の底にこんなにも美しい水芭蕉の群があるとは、地元の誰一人として知らないにちがいなかった。誰の目にも触れないで、五月がくるとここに水芭蕉は咲き、そうして散っていたのだ。まるで人に見られることを怖れるように、この沢の底に集って、何年も、何回も、くり返し咲いたり散ったりしていたのだ。

花は人に見られるために咲くのではない。花はただ無心に、造物主の意に添っているだけなのだった。

私はその沢の水芭蕉のことを麓《ふもと》の人にいおうかいうまいかと考えた。もしかしたら私の一言で、沢の底の水芭蕉は根こそぎなくなってしまいはしないだろうかと案じた。しかし私はあの感動的な美しさを自分一人の胸にしまっておくことが出来なくなって、山を降りて行った。

「そのきれいなことったら……心臓が止るようだったわ……」

私はいったが、麓の人たちは、

「そうかい、ふーん」

といっただけだった。

「あのへんは昔はいろんな花が咲いたもんだよ。黒百合もいっぱい咲いたしね」

と一人のおばあさんがいっただけで、誰も特に水芭蕉に関心を示さない。どれどれ見に行こうか、と立ち上る人もいない。どこの沢か、とも訊《き》かない。

花と人とのつき合いのしかたというものは、本来、そういうものだったのだ、と私は思い当った。

——水芭蕉が沢の底に咲いている。そうか、今年も咲いたか。よかったね……。そう呟《つぶや》いて通り過ぎる。花は花、人は人だ。花は人間に見られるために咲くのではない。

ふと見たら、そこに咲いていた……。それが造物主が望まれる花と人とのあり方なのにちがいない。

もう一人の佐藤愛子

ある日、昼食どきに電話が鳴った。家の者が受話器を取ると、男の声が「佐藤愛子さんいますか」といったという。「どちらさまですか」と訊《き》くと、

「みやけじゅんです」

何だかえらそうな声音でいったので、家の者は文壇のエライ先生からの電話だと思って慌てて私に取り次いだ。

ミヤケ……ミヤケ……誰だろう、と思いながら私は電話口に出て、

「はい、佐藤ですが」

「みやけです」

と一呼吸おく。この一呼吸は、私が当然その名を知っていて、「みやけです」と一

言いえば、すぐに応答してくるものと確信しているためのようで、私はあせった。その名に記憶がないからである。この節、とみに記憶力が減退し、実はその前日も「青山さん」という女性編集者に向って「田中さん、田中さん」と呼びかけていて、

「先生、わたし、青山ですけど。田中じゃありません」

ほとほと困ったという顔で訂正されたばかりである。

「あら、そうだった、ごめんなさい。あなた、田中さんという人とよく似てるもんだから」

と笑いとばしてごま化したが、胸中、暗然としている。いったい「田中」という名前がどこから来て私の脳髄に宿ったのか、それもわからない。何となくその人の顔が「田中」にふさわしい顔のように思えたのだ。

そんなことがあったばかりだから、私は慌ててみやけ、みやけ、と頭の中を探った。だがどうしても思い出せない。

「申しわけありませんが、みやけさんとおっしゃいますと……ごめんなさい。思い出

せないんですけど……」

するとと突然、その人はいった。

「佐藤さん、ぼくは昨日、あなたのニセモノに会いましたよ」

「えっ……私の？　どこでです？」

その人は話をはじめた。

その人、みやけさんは高知在住の小説家だそうで、その日の前日、久しぶりに上京して浅草の観音さまへ参詣《さんけい》に出かけた。だが浅草はすっかり変ってしまってどこがどこやらわからなくなった。と、道端に和服を着た女が立っていたので、その人に訊《たず》ねたところ、親切に案内してくれたので、お礼に近くのすし屋で酒を飲んだ。お互いに自己紹介をし合ったところ、女は自分は佐藤愛子という小説を書いている者だといったという。

たまたまみやけ氏も小説を書いている人だったので話が弾み、やがて話題は彼の師匠である「大塚まさはる」氏に及んだところ、佐藤愛子は、大塚さんはいい作家だが、あの奥さんがいけない。奥さんがよければ大塚さんはもっと伸びたであろう、というようなことをいって、大塚夫人の悪口を並べたてた。

そこでみやけ氏は激怒し、いやしくも大塚先生は自分の師である。その師の夫人の悪口を、佐藤愛子かなんか知らんけど、今はじめて会ったあんたの口からいわれることはない、と喧嘩《けんか》になった。

だがやがて仲直りして、二人はみやけ氏の泊っているホテルへ行き、またそこですしを食べて酒を飲んだ。（よくよくすしの好きな人たちなんだなあ）

「そしてですね。まだあるんですよ、話は」

みやけ氏はつづけた。

「それから記念に、ぼくは財布を買ってあげたんです。そうしたら、財布を人にあげる時は、中にお金を入れてあげるものと昔から決っているというもんでね」

「そうね、五円玉とか十円玉とか入れますね」

「それで一万五千円、入れたんです」

「えッ……一万五千円！」

「それで別れたんですよ、ハハハ」

この「ハハハ」はみやけ氏のいかなる心情を語っているのか、私にはわからない。

みやけ氏は記念に財布をプレゼントした……その記念とは、そも何の記念ぞや？　と私は考える。偶然の出会いを記念したものか、すし屋で喧嘩《けんか》をした記念か、はたまた、そのホテルでかりそめのチギリを結んだその記念か？

ただの記念にしては、一万五千円は多すぎるんじゃないのか？　しかしそれくらいへとも思わぬロマンチストの大金持かもしれないが、どうも声の調子からいくと、申しわけないけれどそんな大金持とも思えないのである。

ヤッタかヤランかどっち？

そう訊《き》きたいが、どういう表現を用いればいいのか、「そこでチギリを結ばれましたか？」というのも古めかしいし、「ネタか？」はあんまりだし、「性交渉を持ちましたか？」は警察の取調べみたいだし、「ナニしましたか？」ではわかりにくいだろうし、「セックスがあったんですか?」がまあ、無難なところかもしれないが、会ったこともない人に、何となくいい兼ねる。そこでそれとなく質問した。

「その人は幾つくらいの年の人ですか?」

「そうですね。五十七、八から六十ってところですね」

六十前後で一万五千円!

もしナニしていたとしたら、これはチト高いんじゃないか、と愚考する。いや、高いというより、モノ好きといった方がいいかも。

「で、どうしてその人がニセモノであることがおわかりになったんですか?」

「別れた後で考えたんですよ。佐藤愛子が財布を買ってもらって金を入れてくれというのはヘンだと思ったんです。そこで、大塚先生のところへ行ってその話をしましてね。そこで文芸手帳であなたの電話番号を調べてもらったんです」

それで電話をかけて来たという次第か。私は思い出した。最初に「みやけです」と一言いって一呼吸おいた、あのへんに馴《な》れ馴《な》れしい親しげな感じを。

もしかしたらみやけ氏は、私が電話口に出るまでニセモノとは思っていなかったのかもしれない。

「みやけです」

といって一呼吸おいたのは、そういえば、

「あら、みやけセンセエ……先日は……」

嬉《うれ》しそうな甘い声が返ってくるものと思って一呼吸おいたのではなかったか？　なのに、ぶっきらぼうな太い声が、「はい、佐藤ですが」と出て来た。

さぞやびっくりしたことだろう。びっくりしたがそこは年の功、さすがす早く立ち直って説明し、

「それで別れたんですよ、ハハハ」

その「ハハハ」に籠《こも》っていたものを私は漸《ようや》く理解出来たような気がしたのであった。

最後に念のために訊いた。

「その人は美人でしたか？」

「そうですなあ、女の顔を三角と丸と四角の三つに分けるとすると、丸に属しますな」

マルに属するが美人であるとはいわないのであった。

ついについにとここまで来ぬ

ついに私も入歯をするようになった。

老眼鏡をかけねばならなくなった時、「ついに私も老眼鏡をかけねばならなくなったか！」と嗟嘆《さたん》したものだったが、そのうち、右の目が何やらかすんで来て、白内障が出かかっていることがわかり、「ああ、ついに私も白内障がきたか！」と嗟嘆し、そうして今、「ついに入歯」という仕儀と相成った。

いや、考えてみれば、十何年か前、「ああ、ついに一巻の終りか！」と思った閉経という事態もあったし、撮られた写真を見るたびに、「ついにかくなりたるか！」と暗澹《あんたん》とし、ついについにとここまで来てしまった。

そのうち、「ついにこうなったか」と思いつつ、死に向う病の床に臥《ふ》すようになるのだろう。そして、「ああ、私もついに死ぬのか！」と覚悟を決める日が来る。もっともボケていれば、そういう感懐もある筈はなく、私の娘、友人、知己が、

「ああ、あの佐藤愛子もついにあんな姿になってしまったのね！」

と歎《なげ》く。あるいは笑う。そうしてやがて私は骨になって、私の娘がそれを拾いながら、

「ママ、とうとうこんな姿になったのねえ」

と涙する……かホッとするかはわからないが、ともかくその日が近くなってきていることは確かだ。

こう考えてくると、入歯の段階ではまだそう嗟嘆するほどの事態ではないのだろう。もっと絶望的な「ついに！」がまだ先に控えている。しかし、そう思いつつも、やはりこの入歯、「ついに！」の思いは拭《ぬぐ》い難いのである。

私は十代の頃から歯槽膿漏《しそうのうろう》の気配があって、下の前歯の一本が指で押すと動いていた。

「ほら、見てごらん、私の歯、動くのよ」

と指で動かして友達に見せ、驚くのを見て悦に入っていたのだ。

二十代、三十代、四十代と、忘れたり思い出したりしながら、「動く歯」をそのままにしていた。歯ぐきが腫《は》れたり、血が滲《にじ》んだりすることはあったが、ほうっておくといつの間にか治っているというあんばいで、それほど気にしなかった。

そのうちに歯の根はだんだんゆるんで、グラグラになって来た。それでグラグラになったやつを、舌の先で押して遊んでいた。たまたま奥歯が痛んだので歯科医院へ行ったところ、そのグラグラを発見され、それから三月に一度、歯石を取ってもらいに行くことになった。その三月に一度が毎月になり、やがて終始歯ぐきが腫れて膿《うみ》を持つようになった。

しかし歯は抜かない。歯科医は抜いた方がいいと考えているらしいが、私の断乎《だんこ》たる応答を見て、いい出すのを諦《あきら》めているという様子である。

抜くのはイヤである。絶対、イヤだった。

身体髪膚これを父母に享《う》く、あえて毀傷《きしょう》せざるは孝の始めなり、などといって、抜きなさいよと勧める娘を退けていた。抜くのがイヤな理由は、本当は入歯がイヤなのであった。テレビのCMで入歯専用の歯磨が出て来ただけで、正視出来ずに怒っていた。ああいう醜怪なものを口に入れて尚生きなければならんとしたら、潔く死を選びたい！　などと口走っていたものだ。

ところがついにその日が来た。前歯は大グラグラもいいところ、人と対話中、「そうねえ……」と何げなく頬杖《ほおづえ》をつき、ふと指が顎《あご》のへんを触っただけで、口の中で前歯がグラリ、内側へ倒れている。それを舌の先でもとへ戻し、何くわぬ顔をして話をつづけている、という苦労が生じて来た。朝夕の歯磨がたいへんである。歯ブラシを歯の内側へ当てるとグラリ外側へ。外側を磨こうとするとグラリ内側へ。

ついに私は歯科医へ行っていった。

「観念しました。抜いて下さい」

そうして出来た入歯である。入歯といってもたった一本だ。たった一本だが、前歯の内側に合成樹脂（多分そのようなもの）の歯の台（？）を渡さなければならない。この先生は入歯の名手で名高い方であるから、歯の調子はまことにいい。見た目も全くわからない。私の歯は特殊な形をしているが、その通り特殊に作られている。

しかし、とにかく、口の中に異物があることは確かである。入歯を入れた日、私は料理をしながら味見をして、絶望的になった。たったそれだけのことで味がわからないのだ。こう見えても私は料理の味つけには自信がある。母親のことは褒めたことがない娘も、それだけは一目おいているのだ。

ああ、それがダメになったのだ。気に入った味つけを味わうには入歯を外さなければならないのである。

かくて一日の殆《ほとん》どを私は入歯を外して過している。来客と話をしながら、「あ、忘れた」と気がつく。普通なら急いで歯を入れに立つところだろうが、いったん見せてしまった楽屋裏を、今更とり繕《つくろ》ってもしようがないのである。

「ちょっと失礼」といって立ち上って部屋を出て行き、にっこり入って来たのを見たら、さっきまで抜けてたところにしっかり歯が入っている——それも却っておかしなものではないか。

これではいったい何のために入歯を作ったのかわからない。グラグラを抜くだけでよかったのである。

先日、私は講演旅行に出た。行く時は入歯を入れているが、ホテルに入るとすぐ外している。講演時間がくるまでベッドで本を読んでいたが、時間が近づいたので支度をするためにバスルームへ入った。化粧をして、さて入歯をはめようとしたら、入歯がない。

慌てて捜《さが》した。ない。

確かに外した入歯は洗面台の上に置いておいたのだ。だが、ない。どこにもない。仕方ない。入歯なしで講演するしかない。多少、空気は洩《も》れるかもしれないが、たいしたことはないだろう。ともあれ、講演前に出すモノを出してと、便器に目をやると、なんと、我が入歯は便器の穴の水底に光っているではないか。

一瞬、息を呑《の》んだ。そして考えた。これを拾って口にはめるか否か……。

そして決心した。

拾い上げてはめよう、と。

——なに、汚いことはない、この便器を使ったのは私である。さっき使った後、当然水を流しているから、それほど汚くはない。万一多少の尿《いばり》が残っていたとしても、我が尿《いばり》だ。我がものと思えば軽し傘の雪だ……。

そう自分を慰めて手を入れ、入歯を拾った。洗ってはめた。

折しも電話がかかって、お迎えが参りました、とのこと。

かくて私はにこやかに車中の人となり、講演会場で熱弁をふるったのであった。

悲劇の世代

十代の頃からの友達、Y子から電話がかかって来た。

「アイちゃん、まあ、聞いてよ。私がいうことが無理かどうか、判断してちょうだい！」

いきなり興奮の絶頂というキイキイ声で叫ぶ。その声を聞くのは久しぶりである。今から十年ばかり前までは、そのキイキイ声を三日に一度は聞かされていた。その頃Y子のご亭主は会社の女子社員やホステスとの浮気沙汰《ざた》がしょっちゅうで、その度に私はY子の嫉妬《しっと》と猜疑心《さいぎしん》と口惜しさの捌口《はけぐち》にさせられた。

「ね、ね、どう思う？　アイちゃん、ひどいと思わへん⁉」

と詰め寄られては仕方なく、一緒になってY子のご亭主の悪口をいっていたものだ

った。こういう時にいった悪口というものは、必ず、

「アイちゃんだっていうてたわよ、あんたのこと、甲斐性《かいしょう》もないのに浮気するなんて生意気や、って。自分のカオと相談してから女を口説けともいうてたわよ……」

といいもしないことまでつけ加えられて先方へ届くものである。それはわかっているが、わかっていても私は一緒になって悪口をいわなければならなかった。いわない限り、彼女の興奮は鎮まらず、鎮まらぬ以上は電話は切れなかったからである。おかげで今に到るも私はY子のご亭主に憎まれている。

「佐藤愛子、アレはろくなもんやないですな」

とY子のご亭主が酒場でいっていたということが私の耳に入っているのである。しかしまあ、彼がそう思うのも致し方ないと私は諦《あきら》めている。

そのY子のキイキイ声が久しぶりで鳴り響いたのだ。あれから十年、さしも女好きのご亭主も七十の声を聞いて、腎虚《じんきょ》の気味。やっとY子の電話も間遠になっていた。それがまた、いったい、どうして？　と問う間もなく、Y子は叫んだ。

「この頃の若い女ども。皆、揃《そろ》ってインランやわ！　そう思わへん！　アイちゃん……」

Y子のいうところによると、こうである。Y子の家には目下、ご主人の末の妹の娘で二十六になるOLを下宿させているのだそうだが、その姪御《めいご》がレッキとした恋人がいるにもかかわらず、勤め先の課長と温泉へ一泊の旅に出た。それを知ったY子が姪御を難詰すると、姪御はこういったそうだ。

「伯母さんも古いわねえ。今はみんなしてることよ。課長さんとは、惚《ほ》れたはれたの仲じゃないから大丈夫」

「惚れたはれたの仲やなくて、なんで温泉へ行くんですかッ！」

Y子が叫ぶと、姪御はいった。

「課長さんとはセックスを楽しんでるだけ」と。

Y子はその答に目が眩《くら》み、唇がワナワナ慄《ふる》えて口が利けなくなった。そしてやっと気を鎮めて私のところへ電話をかけて来たという次第だった。Y子にいわせると、女が男に身体を許す場合は身体で金を得るのが目的か、そうでなければ無智無節操。さもなければやむにやまれぬインラン女と決っている。もしその外に娘が男に身を許すとしたら、それは「熱烈恋愛」の場合だけである。

「それとてもやね、私らの時は熱烈の湯気が吹き上ってるからというて、すぐナニしてもいいということにはならなかったでしょ。どんなに愛し合っていても結婚までは清い身体でいよう、といい合うたもんでしょ。たまに結婚前に妊娠したことがわかったりしたら、それはもうえらい恥晒《はじさら》しやったやないの。いくらやむにやまれん欲求やというても、それを抑えるのが人間というもの。犬と人間の違いはどこにあるかというと、クンクン臭いを嗅《か》いで、気に入った、さあ、ではすぐしよ、というのが犬、人間はじっと我慢する。我慢して愛を育てる。そうしてから結ばれるのが人間というものでしょう。それが今、犬ナミになりつつあるのよ。二十六で、セックスを楽しむ、やなんて平気でいうの。インランなのよ。うちの主人の血ィ引いてるんやわ。私、姪《めい》にいうてやったの。セックスは愛を伴わなければいけない。セックスはそれを通して愛を高めるもの——そうでしょ？　そうやない？」
「はあ、はあ、それはまったくその通りやと私も思うけど……」
「けど？　何？」
「けど、その一方でセックスをただ快楽として捉《とら》えるという考え方が出て来ているこ
とも事実だから……」
「だから……？　何ッ？」
「だから……必ずしも姪御さんは生理的なインランというわけではなくてね、つまり
性に対する考え方の違いなのよ。『翔《と》んでる女』というアレなんでしょう？　きっと」
「翔んでるか走ってるか知らんけど、いうことがえげつないのよ。伯母さん、例えば
春の宵、一人で酒場のカウンターにもたれてブランデーを飲んでると、隣の客に話し
かけられる。話をしてるうちに面白い人だな、と思う。それでブランデーを一杯奢《おご》る。
すると相手も奢り返す。そんなふうにしてお酒とおしゃべりを楽しんだ後、ああ楽し
かった、サヨナラといって別れる——。そういうお酒の楽しみに『愛』なんている？

いらないでしょう？　セックスもそれと同じよ、っていうのよう……。なにも恋人を裏切ってないって。心は彼を愛してるって。けど愛とは別に楽しんでもいいでしょ、って。アイちゃん、わかる？　え？　わかる？」

うーん、観念的にはわからないではないけれど、私といえども大正女。実感としてはどうにもわかりかねる。

明治以来、日本の女性は性的に抑圧されて育って来た。セックスの快楽は男性のみに許され、女がそれを求めるのはたしなみに欠けるとされて非難された。私やY子の世代には、その観念が染み込んでいる。

しかし今、日本の女も生活力を持ち、抑圧から解放され、避妊の技術が進歩したことによって、女性も男性並に性を快楽として捉えるようになっている。性における男女平等は実現しつつあるのだ。

しかし、と私は思う。観念的にはそう理解出来ても、実感としてどうもめでたいめでたいとはいいかねる気持が私の中にあるのをどうすることも出来ない。男は体液を放出する。女は男の体液を吸収する。同時期に三人の男と交われば、三通りの快楽を得る代りに三色の体液が身体に入るのだ。それを「汚れた」と感じることは、理論とは別である。

翌日、Y子はまた電話をかけて来た。

「姪にいうてやったわ。あんた、自分の身体、汚いと感じないのって。そしたら、なぜ汚いの？　て訊《き》くのよ。伯母さんたちは六十年大事に引きずってきたもので自分を縛ってる。悲劇の世代ね、やて。生意気に！」

そしてY子はキイキイ声になって叫んだ。

「エイ、もう！　こうなったらエイズがもっと蔓延《まんえん》してほしいわ！　私、それを祈る！」

前向き

美容整形医に鼻を高くしてもらったという青年に会った。

なぜそんなことをしたのかと訊くと、

「だって鼻が高くなったら前向きに生きて行けるからですよ」

と答えた。

「前向き」とは「積極的」というような意味であろうか。しかし鼻を高くしたことが一躍ポパイのほうれん草、スーパーマンのマントの役目を果すとは、何と簡単な人生だろう。

——これからは自信をもって前進して行きます……。

その言葉だけを聞けば、今どき覇気《はき》のあるなかなかの若者じゃないかと頼もしく思うが、その頼もしい言葉が鼻を高く直してもらったことから出たのだと知れば、呆気《あっけ》にとられて怒る気もしない。

「人生を生きる姿勢はハナによって決るんですか？」

せい一杯のイヤミをいったつもりだが、相手は極めて素直、無邪気に、

「だってそうじゃないですか。仕事って、相手の人に好感を与えることでうまく行くものでしょう？　女性にももてるし、もてたら自信がつく。その自信が積極性を産む……そういうものじゃないかな？」

「そんなね！　ハナの高さで自信があったりなかったりするような男、女は魅力を感じませんよ。我々女が男に期待するのは、女には持てない男の意志力、体力ですよ。女には持ちにくい理性的判断力ですよ。人はどういう人間に感動するかといえば、努力する人、勇気ある人、強い人、情熱を持っている人、そういう人に心が動くんです。ハナ見て感動する人なんていませんよ！」

しかし若者はニコニコ顔で、

「でも、実際にモテるようになったんですよ」

モテる！　この立看板みたいに扁平《へんぺい》で作りバナのヘナヘナ男が！

私はひとり憤然としたが、彼は平然として動じず、

「ぼくの前に新しい世界が開けたような気がして、毎日が充実しています」

「そりゃ結構ね！」

という声は我ながら捨てばちで、もうどんなイヤミも説教も罵詈《ばり》も、彼の胸を刺し貫くことは不可能であることを思い知った。新しいハナが彼のプロテクターになったのである。

この問題の鍵《かぎ》はどこにあるか、と私は考える。社会がもっと単純であった頃は、ブ男はブ男であることを背負って、その代りにその失点を補う努力を重ねることによって、ブ男を克服した。ここに於《お》いてブ男のブ男ぶりは、そこいらの美男よりも存在感を持つに到ったのではなかったか？

そういう発奮努力をする必要が今はなくなった。昔はブ男を直す技術がなかったか

ら、いやでもそれを背負って生きなければならなかったのだが、今はブ男をハンサム風に（この風というところが大事なのだが）手を入れることが出来るようになった。失点を補う努力をしなくても、金を稼いで美容整形医の手に委ねればいいのである。

もっとも昔は男の容貌が問題になるのは役者俳優くらいなもので、普通の男は顔など気にする必要がなかった。男は力さえあればよかったのである。しかし今は政治家がテレビ映りを気にして化粧をする時代である。顔のよし悪しが大事な問題になってきた点で、男は女と同じになったのだ。

「ぼくらが女のひと見る時だって、顔よりもカッコだもんネ。カッコ悪いかいいかで決るでしょ。女のひとが男性見る目だって同じだと思うの。安モノだと、同じジャケットでもシルエットがちがうんだよネ」

折しもテレビでそんなことをいっている若者がいたが、今度は顔よりもカッコだという。しかもそのカッコは心の鍛練によって作るものではなく、上等のジャケットで作るものだという。

私はつくづくその若者の顔を見て、シルエットを強調するしかないそのキモチはわからないではないけれど、それよりも脳ミソの方を充実させることを考えた方がいいのじゃないかという感想を持った。要するにそう思わせられてしまうような顔なのである。しかし年代によっては同じ女でも、ああいうのを魅力的だと思うのであろう。困ったものである。

するとと若いお嬢さんがこういった。

「あら、どうしてエ？　どうして困るんですぅ？」

どうしてって、決ってるじゃないか。かつて男は女の香に惹《ひ》かれる蜂《はち》だった。花が美しく身を飾れば、蜂は寄ってきて何でもいうことをきく。この女を守らなければ、と思い、得たい、尽したい、幸福にしたいと思う。女が美しくありたいのは、男の機嫌をとるためなんぞではなく、男の讃美と奉仕を受ける満足のためではなかったか。

それが男も女のようになったために、女の美しさを愛《め》でるよりも、女に愛でられたいと思うようになった。今に男が美しい女を求めるのは、憧《あこが》れを手中にしたいという欲望ではなく、自分のカッコよさを引き立てるアクセサリーとして美しい女を求めるようになるだろう。

自分を飾り、ひけらかし、どう見られるかということばかり考えはじめた時から、男の下落が始まる。修行せず、鍛練せず、力を失って行く……。

そういう私に、彼女はあっけらかんといった。

「それがどうしていけませんの？　男と女が対等で、同一線上で、お互いに美しくなって眺め合い、アクセサリーにし合い、それで両方ともに満足していれば、それでいいんじゃありません？」

いいんじゃありません？　と何の悩みも疑いもなげに可愛らしくいわれると、そういわれればそういうものかねえ、という気になって返す言葉がなく、ま、あんたたちがそれでいいのなら、多分それでいいんでしょうよ、時代というものはそうして流れ動いて行くものなんだから……という声には力がない。

「愛でられる喜びだけでなく、愛でる喜びも加わった方がいいんじゃありません？」

と追い打ちをかけられ、

「ン、まあ、それはそうでしょうけどねえ……」

それならそれで勝手にやれ。せいぜいフヌケを愛でいつくしめ！　そんなことをいってると今に、腰抜かした男を担いで逃げなきゃならんようになるぞ。その時のためにせいぜい腕力を鍛えておいた方がいいでしょうよ！

親心

五月に入ったら、五月に入ったらと、北海道の家へ行くのを楽しみにして、春の間、花粉症と戦いながら仕事に精を出した。漸《ようや》く一段落して出かけることになったのだが、今回は娘がフェリーで苫小牧《とまこまい》まで車を運び、私は飛行機で行ってフェリーを降りた娘と千歳《ちとせ》空港で落ち合うという手筈を整えた。

娘は私よりも二日前に有明埠頭《ふとう》を出発する。夜の十一時過ぎに乗船して翌々日の朝、苫小牧に入港する。まだ台風シーズンは遠い。海は穏やかな季節である。しかしヨーロッパのどこかでフェリーが沈没したというニュースを新聞で見たばかりだ。私は心配でたまらない。

心配でたまらないが、それを口に出すわけにはいかない。出して悪いというわけはないが、出せない。

なぜ出さないのか。

今更出したところでしようがないからである。とにかくフェリーで行くと娘は決めたのだ。彼女はフェリーの一人旅をしたいのである。したいといっていることを、心配だからといってやめさせるわけにはいかない。

だから黙って心配している。

案外、私も心配性だなァと思いながら。

出航は十一時だが、八時には家を出なければならない。早目に夕食を作って食べさせる。船の食事はまずいだろうから、娘の好きなおかかのおむすびを作ってやる。

食事が終ると娘は支度をしに二階の自分の部屋へ上って行った。私はテーブルの上の皿や茶碗《ちゃわん》を重ねて流しへ運んだ。自分が出立するわけではないのだが、何だか気忙しい。いつもなら脇取盆に並べて運ぶのだが、積み重ねたお皿をお腹で支えて運んだ。いったい何をそんなに慌てているのかわからないままに、やたらに慌てている。

積み重ねた皿、茶碗を調理台に置こうとした途端に、重ねた皿が崩れ、一番上に乗っていた茶碗が落ちて割れた。見ると娘の茶碗である。しかも唐津で貰《もら》った上等だ。はっとした。惜しいと思う気持と一緒に、みるみるイヤな予感が胸に広がった。人が死んだ時、その人が朝夕使っていた飯茶碗を割るという風習がある。もしや、これは娘の船旅が死出の旅路になるという前兆ではあるまいか？　茶碗は実に簡単にポカッと割れたのだ。

割れた茶碗を拾う私の胸は暗雲に閉ざされている。こう書いてくると読者は私を縁起かつぎだと思われるだろうが、必ずしも私は縁起を考える方ではない。占師からこの日に飛行機に乗るのはよくないといわれていても、どうしても乗らなければならない時は私は乗る。占師のいうことをきく時もあればきかない時もある。すべてその時の気分である。絶対に海外旅行などしてはいけない、という占師の言葉に逆らってスペインへ行き、出発の日に突然、のどに灼《や》けつく痛みを覚えたのがはじまりで、十日余りのスペイン旅行を咳《せき》と熱で喘《あえ》ぎ喘ぎ強行したという経験もある。

よくまあ肺炎にならなかったわねえ、と人からいわれたが、私もそう思う。それほど酷《ひど》い旅だった。つまり自分が危機苦難に遭遇することについては、私はそれほど神経質ではないのだ。しかし娘のことになると神経質になる。私も年老いて気の弱りが出て来たのか。おそらく親というものはそういうもので、私もついに世間の親ナミになったらしい。

ところで私は割れた茶碗を大急ぎで紙に包んで、屑籠《くずかご》の底に押し込んだ。この不吉を娘にいうにいえない。いえばいくら暢気《のんき》な娘でも気にするだろう。しかしおそらくこれは杞憂《きゆう》なのだと一所懸命思い直す。九〇パーセントまでいらぬ心配であることはわかっている、と思う。わかっているが、残りの一〇パーセントの不安はべったり私の心臓に張りついて離れないのだ。

ああ、なぜ脇取盆を使わなかったのか。いつも娘がそれを使わずに食器を重ねて持ち運びするといって怒っているその私が、この日に限って脇取盆を使わなかった——この、「その時に限って」という言葉を、よく事件・災難の後で耳にする。

――その時、既に不幸の影を踏んでいたのです……などと。

やがて何も知らぬ娘は支度を完了してから二階から降りて来た。白と紺の野球帽みたいなのをかぶって、ジーンズに白いジャケットを着ている。いつもはニクたらしいやつだが、今日に限ってへんにコドモコドモして可愛らしい。それがよけいに不吉な予兆を感じさせる。

「有明埠頭《ふとう》まで行って、もし海が荒れるようなら車だけ乗せて、あんたは帰っていらっしゃいよ」

といった。フェリーは車だけでも送ってくれるのである。

「うん」と娘。

「でも荒れるかどうかはわからないからね」

それはそうだ。私は口を噤《つぐ》み、考える。

「それじゃあね、もし、ものすごく荒れるようなら仙台で降りなさいよ。仙台から飛行機で千歳へ行けばいい」

「うん……」

「わかった？」

「うん、でも……」

「なに？　なにがでも？」

「勿体《もったい》ないじゃないの、そんな余計なお金を使うなんて……」

「勿体ないことなんかない。お金はそういう時に使うものです！」

常々、「勿体ながり」の私を知っている娘は、勿体ないと思う一心から危険を冒すかもしれない。そう考えて声に力を籠《こ》めた。

「こういう時に贅沢《ぜいたく》をする！　それが佐藤家の家憲です！」

「わかったよ……」

親の心子知らず。娘は面倒くさそうにいって出発して行った。亭主がいたら、と思うのはこういう時である。

「なにをバカなことをいってるんだ。大丈夫だよ」

の父親の一言があれば母親というものは気が鎮まるのだが。

翌日、船の中から電話があり、穏やかな航海をつづけていると知ってひと安心する。

そしてその翌日、私は飛行機で千歳へ向い、苫小牧で下船した娘と無事出会った。

別荘へ向う車の中で、「実はネ」と一部始終を話す。

「それであの時あんなに沈んでいたの。なんでこう暗い顔してるのかと思ってたんだ」

と娘は笑っていた。

それから三日ほど経って、ふと娘がいった。

「あのネ、わたし、この間からムネ痛んでることあるの」

「なに？」

「あのネ、実はあのママが割ったお茶碗《ちゃわん》ネ、アレ、前にわたしが割ったの、叱《しか》られると思ってボンドでくっつけといたの……」

「なにイッ……」

と私はゲンコツをふり上げ、忽《たちま》ち親心はケシ飛んだのであった。

女心

見知らぬ女性から電話がかかってきて、相談したいことがあるという。山陰の方の小さな町からで、女性は中学の教師だといった。中学の教師からの相談といえば、暴力生徒に手を焼いているがどうしたらいいだろうとか、生徒の作文指導についてとか、PTAの攻撃とどう戦ったらいいか、などという内容だろうと推量しつつ、「どういうことでしょうか?」と訊《き》いた。なんだかとても元気のない、悩みに悩んだという声である。そう若い声ではない。

「あのう、実は私、今、恋人がいるんです」

思い決したようにいった。いきなりそうこられると私は、

「はァ」

としかいいようがない。

「その人も同じ学校の、体育の先生なんです」

「はァ」

とまだたまげている。

「もう六年もつづいているんですけど……この頃、どうしたらいいかわからなくなって……子供も来年は高校に入りますし……」

「子供さん、いらっしゃるの」

「はい、二人。主人は」

「えっ、ご主人もいらっしゃるの！」

「主人は高校の数学の教師です」

「はーン」

教師も人間であるからには、恋をして悪いということはない。しかしこうスラスラと説明されると、私といえども戦前派、「はーン」としかいいようがないのである。

ありようはこうである。
彼女は六年前から同僚の体育教師とわりない仲になった。体育教師には家つき娘の妻がいる。子供もいる。彼と彼女は毎週、土曜日の午後は町外れのラブホテルでひとときを過している。彼女はマイカー通勤をしているのだが、彼の家は、彼女の帰宅路の途中にあるので、いつも帰りの時間が合えば彼女の車で彼を送っている。従って土曜日にラブホテルへ立ち寄るために一緒に乗っていても、誰も怪しまないのだ。(と彼女はいう)
そうして六年の月日は流れた。
誰も二人のことは感づいていない。(と彼女はいう)
お互いに連れあい、子供を持つ身であるから、離婚の結婚のという問題は起きない。このまま土曜日ごとの逢瀬《おうせ》を楽しむことで満足していれば、それで平和なのである。(と彼女はいう)
ところが、この頃、彼女の胸に何だかモヤモヤしたものが漂い始めた。そのモヤモヤとは「何となく不満」といった形のものだという。

お定まりの「結婚したい」「一緒に暮したい」という欲望なのかというとそうではない。彼の妻への嫉妬《しっと》かというとそれでもない。

六年間、彼女は土曜日毎のホテル代をずっと支払ってきた。彼は一回も払ったことがない。ところがこの前の土曜日、たまたま、彼女に用意がなかった。うっかりして財布の中みを調べることを忘れたのである。

いざ勘定ということになって、六千円、足りないことに気がついた。それで彼に不足分の補充を頼んだ。すると彼は金を出しながらいった。

「今日はぼくの方に持ち合せがあったからよかったよ。もし、ぼくが持ってなかったら、どうする気だったんだね！」

彼女のモヤモヤはその時から始まったのである。そこで私はいった。

「そんなケチな男！　どうしようもないじゃないですか！……」

それまではこれも「浮世のおつきあい」という気持で聞いていたのが、急にノッてきた。男のケチは私の一番憎むところである。

「そんなのクズですよ！　男のクズ！　恥知らずだわ！」

「佐藤さんもやっぱりそうお思いになりますか？」

「思いますとも！　私ならもうとっくに別れてますよ！」

「はあ……やっぱり……」

「あなたはあそばれてるんですよ。一文も出さないで、タクシー代もいらないで女とあそべるなんて、男にとってこれほど重宝なことはないもの。私はその人のあなたに対する愛情を疑うわ……」

「私も……そう思いはじめて……でも、彼は収入は全部、奥さんに押えられていますから、苦しいことは苦しいんです……私の方は共働きですし、主婦ですから苦しくてもお金のやりくりが出来るんです」

とかばう。男と会う金をおかず代から浮かせるというのか。ご亭主と子供こそいい迷惑だ。

「はっきりいってしまうと、彼は一文もいらないからあなたとつづいているんですよ。ホテル代をもたなければならないとしたら、とっくに別れてるわ」

「……そうかもしれません……このへんできっぱり別れた方がいいでしょうか？」

「決ってますよ。でもそう思いながらも別れられないから、だから私に電話してきたんでしょう？」

「その通りです……」

「だからね、この次の土曜日にこういってごらんなさい。この頃、子供にお金がかかって、今までのようにホテル代を出せなくなったって。だからこの次はあなた出してよって。その時の彼の顔をよく見るのよ。そして何というか。彼の出かたを見て、別れるかつづけるかを決めればいいじゃないの……」

「はァ……」

「わかった？　それによって彼のキモチがはっきりわかるでしょう？」

そうしたらフンギリがつく。

そうしてみます、といって彼女は力なく電話を切ったが、その一週間後にかけてきた。

「もしもし、この前お電話した者ですけど」

「ああ、あなたね！　どうでした？　いいましたか？」

私はのり出した。実はこの結末を、楽しみに待っていたのだ。

「土曜日にホテルへ行ったんでしょ？」

「行きました」

と弱々しい声。

「で？……いったの？　お金のこと……」

彼女はいった。

「何度かいおうとしたんですけど……いえませんでした……」

「いえない！　なぜ！」

声に怒気が籠《こも》る。

「怖くて……」

「怖い？」

「彼の返事を聞くのが怖くて……」

返事を聞くのが怖いのは、その返事がもう彼女にはわかっているからだろう。

「じゃあその時もあなたが払ったのね！」

返事は聞くまでもない。

「私、もうどうしていいか。自分で自分が情けなくて」

「私もそう思いますよッ！　クズ男と知りつつあそばれてるなんて！」

しかしここで女が悪いか男が悪いかを論じてもしようがないのである。わかっていてもどうにも出来ない。恋というもの、女心とはこういうものなのだ。病《やまい》なのである。

だが彼女の病は今、漸《ようや》く快方に向おうとしているとみていいだろう。あと二、三回も男がケチぶりを発揮すれば全快するだろう。

しかしこんな先生に教えられている生徒こそいい迷惑だなァ……。

完全敗北

ある代理店から十月に大阪での講演依頼の電話がかかってきた。ハキハキものをいう若い女性である。今は八月。私は北海道へ来ているが、予定表に十月のスケジュールを書き込むのを忘れてきたので、東京へ電話をかけて調べなければ返答が出来ない。その旨を説明して、五時にもう一度かけて下さいといった。その時が三時頃だった。すぐ東京の留守宅へ電話をして調べさせたら、先方からの依頼の日は空《あ》いている。大阪神戸は私の故郷であるから、講演嫌いの私もあまりいやがらずに行く気になる。私の気に入りの神戸のポートピアホテルで、女学校時代の仲間と会うのが何よりの楽しみである。

行く気になって電話を待っていた。

いつも私は五時か五時半頃入浴する習慣がある。我が家は丘の上の一軒家、風呂場の窓は浴槽から天井まで、大きく取ってある。外は見渡す草原。ちょっとした野天風呂の気分を味わうためにそうしたのだ。だから日が暮れてからは入浴したくない。真の闇《やみ》が窓ガラスの向うに広がっている。こっちは明るい。もしあの闇の中に目を光らせているものがいるとしたら……と思うとおちおち入っていられない。裸を見られて恥かしいという年ではないが、むざむざ見せてやるのがシャクである。

「佐藤のばあさんの裸ときたら……」

と酒の肴《さかな》にされるのが。

そういう次第で陽のあるうちに入浴したいのだが、五時に電話がかかってくると思って待っていた。娘が町へ行っているので私一人である。入浴中にかかっては困る。

五時半になった。

かかってこない。

六時まで待った。

かかってこない。

七時に来客の約束が入っている。娘はそのもてなしの酒肴《しゅこう》を整えに町へ行ったのだ。

思いきって入浴しようか？

しかし風呂場から居間の電話まで、二つの座敷を裸で走り抜けなければならない。

それを思うと、もう少し待ってみようという気になるのである。

ここまで読まれた読者は、ハハーン、ここで佐藤愛子の憤怒が湧《わ》き立つのだな、とお思いになるだろう。それはこの数十年来の私のパターンである。

しかし「憤怒の女」の異名をほしいままにした私も今、六十四歳になんなんとして、ついに憤怒に飽きた。気の弱りではなく、飽きたのだ。

そして考えた。

「もしや、あの電話は悪戯《いたずら》のニセ電話ではなかったか？」

飛躍のしすぎ、というなかれ。

自分から依頼しながら、五時に電話をという約束を忘れてほっとく、なんてことはマトモな人間のすることとは私は思えない。

ついに私は待つのをやめて入浴しようと心に決めた。こういう場合、私は普通の人よりも律儀すぎるという悪いクセがある、と家の者からよくいわれる。「律儀すぎる悪いクセ」とはまさに現代的な表現である。律儀ということは美徳であるとばかり私は思っていた。原稿の締切りを平気で延ばすというような芸当は私には出来ない。締切りがきているのに姿をくらました、なんていう作家の話を聞くと、咎《とが》めるよりも尊敬したくなるくらい（それこそ大作家というものなのかもしれない！　などと考えて）人との約束は守る人間である。

入浴しようと思い決めた時に娘が帰宅したが、丁度、そこへ客が来てしまった。

客が帰ったのは十時半である。

あと片附をして風呂に入ったのが十一時だ。

窓外の闇《やみ》を気にしいしい入っているうちに、だんだんアタマが熱くなってきた。

漸《ようや》く怒りが訪れてきたのだ。

「いったい……」

私は風呂場から出て、突然、大声で喚《わめ》いた。

「もし悪戯電話でなく、ホンモノの依頼だったとしたら、許さない！　こういう手合の依頼は断じて断る！」

娘は至極のんびりと（というのも私の怒号には馴《な》れっこになっているので）、

「えらい今回は発火が遅いねエ」

と客が残したイカの飯詰めを食べている。

「だからねえ、待たなければいいのよ。待つから怒ることになるんだわ」

「そんなことといったって、お風呂に入っている時にかかってきたらドタバタ裸で走らなくちゃならないじゃないか！」

「その時はほっとけばいいのよ。そうしたらまた、向うで時間をみはからってかけてくるでしょ」

「しかし五時にかけて下さいといっておいて電話に出なかったら、約束を破ったことになるじゃないか」

「そんなたいそうな問題じゃないでしょ。またかければいいだけのことなんだから」

「ではなにか、あんたは約束というものは守らなくてもいいという主義なのか」

「オーバーだなあ。主義とかなんとかじゃなくね、ものごとは流動的にやればいいってことよ」

流動的！

なるほどね。では流動的にやるとして、待ち合せの時間が過ぎても相手がこなかったら、さっさと帰るというわけか。

「そうよ」

「その五分後に相手が来るとは思わないのか？」

「来るかもしれないけど、向うが遅れたんだからかまわないのよ」

「遅れてきた人がさっさと帰ってしまったとは思わないで、いつまでも待っていたらどうなる？」

「そこまで責任持てないよう。遅れてきた方が悪いんだから」

いい悪いの問題ではなく、来るわけがない人間をいつまでも待っている人のことを思うと、気持が落着かないではないか。

「そう？　私は何ともないよ」

論争は零時すぎまでつづいたのである。

翌日、翌々日、私はまだ気にかけているが、電話はかかってこない。忘れた頃——

四日目にかかってきた。この間のハキハキ女史の声が朗らかにいった。

「この間のスケジュールの件ですが、いかがでしょう？」

待ちかまえていたように私の口から言葉がほとばしり出た。

「五時という約束でしたから待っていたんですが、かかりませんでしたので行く気を失いました。約束を守らない人とはつき合えないんです」

どうだ！　マイったか！　と思う。

すると彼女はいった。例のハキハキした声で、

「そうですか。ハイ、わかりました……では失礼します……」

暫《しばら》くの間、私はポカーンと坐っていた。娘が見て、

「どうしたの、ポカンとして？」

「折角絞りに絞って矢を射たのに、ギクリともしない。謝らない。弁解もしない。

『そうですか』の一言よ」

「つまり、的がなかったわけね、アハハ」

私は敗北したのである。——と日記に書いた二日後、またあのハキハキ声の電話がきた。

「佐藤さんですか？　この間の件ですけど、どうしてもダメでしょうか？」

おそらく彼女はもう一度、頼んでみるようにと上司から命じられたのであろう。だがもう一度頼むには頼み方というものがある。まず先日の非礼を詫《わ》びてから、事情を述べ辞を低うして頼むべきではないか？　今こそ私に敗北の屈辱を癒すチャンスが到来したのである。私は勇躍して答えた。

「ダメといったらダメです……」

どうだ、マイったか！　上司の期待に添えない部下。お前さんは無能の部下ということになるんだぞ！

しかし彼女はあっさりいった。

「そうですか。じゃあ、また……」

彼女は上司に告げたのであろう。

「佐藤さんはダメといったらダメといいました」

かくて私はここに完全敗北を喫したのである。

久々の美談

九月十三日は北海道浦河町《うらかわちょう》字《あざ》東栄《とうえい》集落を鎮守する東栄神社の祭礼の日である。東栄は漁師の集落であるから、若い漁師たちが大漁旗を立てた漁船に御輿《みこし》を乗せて沖合を三度廻《まわ》った後、御輿を担いで集落を廻る。私の家は集落の後ろの岡の上にあるので、御輿が来るのは一番最後である。岡の上だから御輿はトラックに乗って坂道を上ってくる。それが毎年のことだ。

「あなたたち、トラックなんかに乗ってこないで、お御輿担いで上っていらっしゃいよ」

毎年のように私は若者たちにそういう。まったく、トラックに乗った御輿なんて、引越しの手伝いじゃあるまいし、格好がつかなすぎるではないか。

しかし若者たちはいつもこう答える。

「なに、担いで上ってこいってか」

「ムチャいうよ……」

そういって御輿と一緒にトラックに乗って帰って行くのだ。

ああ日本の若者、ダメになったのは東京ばかりじゃなかったのか！　毎年私は歯がゆい思いでトラック御輿を見送ったのである。

そうして今年もまた、トラック御輿が登って来た。トラックから御輿を降ろし、我が家の庭でワッショイワッショイともんで、またトラックに乗せる。今年もまた私は、例年のように若者たちにいった。

「あなたたち、来年はトラックに乗らないで下から担いで上ってこない？」

毎年、御輿の若者は少しずつ顔ぶれが変っている。

「一度くらい担いで登って来てみたらどう。東栄の漁師の意気を見せてちょうだいよ」

それから私の口は勝手に動いてこういっていた。

「賞金出すわよ、十万円」

よく考えもせずにスラーッといっていた。するとトラックの上から一人の若者がいった。

「十万か。そんなら今から降りてもういっぺん上ってくるべよ」

「もういっぺん？　今から？」

ちょっと私はアテが外れた。私は来年のつもりだったのだ。

「百万円ならやってもいいけどな」

というのもいる。

「いや、カネはいらねえ。やるよ！」

そういったのは「和製トニー・カーチス」と我が家の娘たちが呼んでいるアイヌ系のハンサムである。

「ほんとにもういっぺん来るの？」

「来るよ!」

そういってトラックは下って行った。私は呆然《ぼうぜん》として見送る。テラスに残っていた祭礼の世話役の親爺《おやじ》さんたちはこの話を聞いて呆気《あっけ》にとられている。

「本気かい。センセェ」

という。

「ほんとに来るかしら?」

「いや、来ないべ」

とあっさりいう。ここへ来るにはおよそ五〇〇メートルの砂利道を爪先《つまさき》上りに上って来て、最後は一〇〇メートルの急坂を登らなければならない。この胸突八丁が問題である。

私は様子を見に降りて行くことにした。

「クルマで行くかい?」

と世話役。彼らは乗用車で来ているのだ。

「いい、歩いて行くわ」

みんなに担いでこいといっておいて、自分は車に乗ったのでは女がすたる。そんな気持だった。

私は坂を下って行った。静かだ。晴れ渡った秋空の下、小鳥の囀《さえず》りが聞えるだけである。右は牧草地。左は道よりも高い草ッ原だ。やがて道はくの字に曲る。そこでおよそ半分来たことになる。立ち止って耳を澄ました。まだ静かだ。

「逃げたな」

と思った。やっぱり来なかった。東京の若者だけがダメなのじゃない。地方の若者も今は同じなのだ。意地もハリもない——。

そう思うのと殆《ほとん》ど同時に頭を過《よぎ》った思いがある。

——これで十万円出さなくてすむ……。

ケチというなかれ。こんなことでスイと十万円出すほど本当は私は金持ちではないのである。行きがかり上、口が勝手に動いてしまったのだ。彼らが来なければ情けなくて腹が立つ。しかし十万円は助かる。いったい怒るべきなのか喜ぶべきなのか、自分でもよくわからないで呆然《ぼうぜん》と立っている。と、その時微かに聞えてきた。

「ワッショイワッショイ」

という声が。思わず声に出た。

「あっ！　来た！」

（ああ、十万円！）しかし胸は轟《とどろ》き口もとは笑み崩れている。

何という若者たち！

彼らは来た。ワッショイワッショイはだんだん大きくなって、やがて御輿《みこし》が現れた。道幅が狭いので道いっぱいになって迫ってくる。

「わァ、えらいえらい！」

私は拍手をしたが、若者たちは見向きもしない。目が据っている。ワッショイワッショイ、つむじ風のように私の鼻先を通り過ぎて行ったのであった。

胸突八丁の手前で足並は乱れたようである。ここでダウンすれば五万円に値切ってやろうか。しかし御輿はワッショイワッショイの声も高らかに一気に登り切って私の視野から消えた。

「降参、降参、いやあ、お見ごと！」

いいながら私は庭に入って行った。若者たちは庭草の上にへたばってハアハアいうのみだ。

「えらいえらい。お見逸《みそ》れしました。さすが東栄の若者、日本一！」

いいながら、ハテ、十万円、うちにあったかしら？　と心配になる。

娘に麦茶を出させて奥へ引っこみ、財布から取り出した一万円札、ひいふうみい……と数えれば八万円しかない。ちょっとちょっとと娘を呼んで二万円借りる。

「まったく、ママったらケチのくせにつまんない浪費ばっかりする人ね」

「なにをいう。若者が見せてくれたこの意気、この感動は十万円には替えられないのよ！」

半ばヤケクソでそういって庭へ出た。

「はい、ご苦労さま。これ賞金」

さし出せば、目の前の若者、急にモジモジして、

「カネはいらねえ」

「いらない？　どうして？　ほら、取って」

「いらね」

次の若者も手を引っ込める。ああ愛すべき若者たち！（だからといって、金を引っ込めたのでは女がすたる。）

結局、大団扇振って先導を務めた親爺《おやじ》さんが受け取った。

「みんなでイッパイやりなさいね」

ワッショイワッショイと若者たちは帰って行ったのである。

翌日、世話役に聞いたところによると、若者たちは十万円を町の老人ホームに寄附したというではないか。

「センセェに東栄の漁師の意気を見せたからそれでいいんだっていってね」

やってくれるじゃないか、東栄の若者たち！　日本の若者もまだ捨てたもんじゃない。希望が湧《わ》いてきた。

「日本一！」

と叫べば、十万円で穴のあいた胸の痛みはカラリと消えたのであった。

草色の帽子

小学校へ上った頃の私は、恥かしがりやの弱虫だった。おとなに挨拶《あいさつ》をするのが恥かしいから黙っている。すると母は、よその人に挨拶をきちんとしないといって怒る。だからよその人がくると、私は逃げた。

挨拶をしないのは、するのがイヤだからしないのではなく、恥かしいからしないのである。しかしひとには、なぜ恥かしいのかがわからない。だから、

「おかしな子やなァ」

と嘆かれる。

この「恥かしがり」という病（？）を背負って、私は人知れず苦しい思いをしていたのだ。

「なにが恥かしいの、え？　なにが？」

と母はいう。しかし何が、なぜ、恥かしいのか、私にもわからないのである。

「いうてごらんよ。いいなさい……」

母は迫り、居合すおとなたちが口々に、

「なにも恥かしいことなんかないでしょう？　ハキハキご挨拶したら、ああ、ハキハキしたええお嬢ちゃんやなあとみんな感心しますがな」

「ご挨拶出来ない方が恥かしいのんよ」

などというのを聞くと、私は貝になり、口を引き結んで涙ぐんでしまうのだった。

いうてごらんよ、なぜいわない、とおとなたちは迫るが、私は「いわない」のではなく、「いえない」のだ。それがおとなにはわからない。

「なに泣いてるの、おかしな子」

ということになってしまう。

小学校一年の時、私は帽子をなくした（その頃は男の子は学童帽をかぶるきまりで、女の子は自由だったが、大半は好みの帽子をかぶって通学していたものである)。それは草色の「変型ベレー帽」ともいうべきもので、縁に革がついていてありふれた型ではないから目立つ帽子なのである。

それが学校の「落し物戸棚」の一番上に懸けてあったのだ。「落し物戸棚」は大きなガラス戸棚で、昇降口の中央に置いてあり、教室への出入のたびに目につくようになっている。

そこに草色の帽子を見つけた時、私は心臓が止るほどギョッとした。それが私のものである以上、私は先生のところへ行ってその帽子を貰《もら》い受けてこなければならないのである。

だが、それが私には出来ない。

どうしても出来ない。

だから帽子なんか、なくしたことにしてしまえばいいのだが、しかし校舎の出入のたびにそれが目につくのである。見まいとしても目に入ってくる。

――わたしはここにいるのよ！　どうして出してくれないの！

と帽子がいっているような気がする。帽子が可哀そうでならない。けれども私はどうしても先生にそれを申し出ることが出来ないのである。

そのうちに家の者が私の帽子がないことに気がついた。どうした、どうした、と訊《き》かれる。

「知らん……わからへん……」

と私は答える。私の母は「しようがないねえ」というだけで、帽子のことはすぐに忘れてしまった。しかし母は忘れても私は忘れない。私は、毎日ガラス戸棚の中の帽子の前を通らなければならないのである。私は帽子を見捨てようとしている！　その思いが私をさいなむのである。

ついにある日、私は母にいった。

「わたしの帽子、忘れ物戸棚の中にあるねん……」

なら先生にいって貰ってくればよいと母はこともなげにいう。

「いやや」

と私はいう。なぜいやなのか、と母は問う。それくらいのこと、なんでもないじゃないか、先生は叱《しか》ったりしない、という。

しかし、私は叱られるのが恐くていえないのではない。それが母たちにはわからない。

「なにが恥かしいのん、え？　なにが？　いうてごらん……」

例によってはじまる。そうして母は匙《さじ》を投げて家事手伝いを呼んで学校へ行かせ、やがて「ひさ」というその家事手伝いは、笑いながら帽子を持って帰ってきた。

ほっとして帽子を手に取ると、漸《よう》く難関を突破したという安堵《あんど》と、一旦は見捨てようとした帽子への哀れさ、申しわけなさで胸がいっぱいになるのだった。

私がこんな思い出話をすると、人は皆、信じられないという。

「ほんとですか」

と念を押す人もいる。

「佐藤さんもそうだったのかと思うと、元気づけられます」

といったのは、気弱な子供を持ったお母さんである。

「でも、そんな子供だった佐藤さんが、どうして今のような鬼をもひしぐ人になったんでしょう」

と質問した人もいる。

どうしてか私にもよくわからない。

「私という子供」は、本当は強いものを持っていたのだが超過保護に育ったために弱虫になっていただけなのか、それとも今の「強気の私」は弱い自分があまりに苦しいので、自分で自分を作り替えたための結果なのか。私にわかることは人間は変る、変り得るということである。

ある時、デパートの食堂で六歳くらいの女の子がシクシク泣いていた。若いお母さんが横あいからいっている。

「泣いてるだけじゃわからないじゃないの、いいなさいよ、理由を。え？　何なの？

何なのっていったら……へんな子ねえ、いつもこうなんだから……」

お母さんはプリプリして、小学校高学年の姉らしい女の子をふり返った。

「この子、なんで泣いてるんだと思う？」

「――知らない……」

姉の方は無関心に答えて大事そうにアイスクリームをなめている。

「へんな子……わけわからずにすぐ泣くんだから……。ママはそんな子、キライよ」

私はその子に心から同情した。どうして、どうして、とおとなはいうけれど、どうしてそうなるのか、自分でもわからない。

――わからないが泣けてくる。わからないが恥かしい。それがわかるくらいなら、苦労はしやしない。人に説明出来るくらいなら泣きはしないのだ。

私はその子の代りに怒ってるお母さんにそういってやりたかった。しかしたとえそういったとしても若いお母さんは多分納得しないだろう。人は母親になるとなぜか自分が子供だった頃のことを忘れてしまうのである。

ふしぎな話

ＰＴＡの集りの帰りとおぼしきお母さんたちが数人、バス停でバスを待ちながら、この頃の子供はナイフで鉛筆を削れないのよねえ、と話していた。

「ナイフもあつかえないなんて、どうなるんでしょう」

「日本人は器用だということになっているけれど、この分じゃだんだん欧米人なみになるわね」

「うちの上の息子なんか、果物はバナナかミカンしか食べないのよ。柿《かき》や梨《なし》は食べないの。剝《む》くのが面倒くさいというか、つまりうまく剝けないのよ。リンゴは皮のまま食べられるからいいんだけど」

「柿でも熟し柿ならいいのよ」

「うちの子は下の前歯で削るようにして食べてるわ」

「お猿さんナミじゃないの」

どっと笑って「どうなるんでしょう」と歎《なげ》いている。

「女の子でも大学を出る年になってじゃが薯《いも》が剝けないのよね。だから料理学校では、剝く、切る、刻むなどの基礎を教える教室を作ったんですって」

「まあ！」

「いったいどうなるの！」

とまた歎きの声が上る。

私はふしぎでたまらない。歎いている暇に子供にゴボウを削らせればいいじゃないか。リンゴを剝かせればいいじゃないか。なぜそうしない？

「この現象はだいたい、電動式の鉛筆削りが出廻《でまわ》ったのが発端なのよ」

と、見るからにキリリと眉《まゆ》の上った、しっかり者らしい口もとのお母さんがいった。

「私が聞いたところによると、子供に刃物を持たせない運動というのが起った時期があって、その時にどの学校も電気鉛筆削りを教室に備えるようにしたというのね」

「なぜそんな運動が起きたかというと、なんでも刃傷沙汰《にんじょうざた》というか、ナイフで傷をつけるような事件がその頃よく起って、それでナイフは絶対、持たせてはいけないということになったっていうのよ」

「そういうことが発端だったの？　私が聞いたのは、これは鉛筆会社の企《たくら》みだというのね」

「電動式でガーッとやると、みるみる削れてあっという間に短かくなってしまうものねえ」

「子供は面白がってやるのよ」

私はふしぎでたまらない。

鉛筆屋の陰謀か、刃傷沙汰か、理由はいろいろあるだろうが、ことは簡単。自分の家では電動式鉛筆削りを買わなければいいではないか？

学校へ行くと電動式を使う。だからせめて我が家ではナイフを使わせようとなぜ思わないのだろう？

私はそう訊《たず》ねたくなったが、訊かなくてもだいたい答はわかっている。

「だって、お友達が皆、持っているのに、買わないわけにはいかないのよ。よッちゃんチは電気の鉛筆削りがないいんだっていわれると可哀そうでしょう」

「そうなのよねえ、つまらないことのようだけど、そんなことが劣等感のもとになったりしたら、と思うと、つい買ってしまうのよねえ……」

そこへバスが来て、お母さんたちは乗り込んだ。私も後から乗って、なるべく話がよく聞けるように近くに立つ。話題はいつか給食問題に移っていて、

「母親が手ヌキ出来るものだから母親は給食賛成してるけど、子供は手作りのお弁当の方がいいといっている、なんてテレビで批判してたけど……」

一行のリーダー格とおぼしき縁なしメガネ夫人がいった。

「わたし給食に賛成なのは、何といっても平等である点を評価しているからなの。お弁当がイジメの原因になったりすることだってあるかもしれないでしょう……」

「そうよねえ、マスコミは何でも悪い方にとるのよねえ……。五色弁当でなければ子供が貧乏人あつかいされるなんてことになったら可哀そうだもの。毎日のことだものたいへんよ」

五色弁当とは何か、例えば卵の黄色、ほうれん草の緑、人参《にんじん》の赤、フライの茶色、カマボコの白……というふうに色どりを華やかにするお弁当のことだと後に教えてくれる人がいた。なぜ五色弁当にしなければいけないかというと、それによって子供の「情操」を養うのだそうで、「みんなが楽しく、心ゆたかに食事をする」ということが大切なのだそうである。

私はふしぎでたまらない。

五色弁当でなければ「心ゆたかに楽しく食事出来ない」ような子供がいるとしたら、それは親が悪い。弁当の中身に関心を抱いて、とやかくいうことは、「下司《げす》根性」がすることだ。弁当の中身を心配するよりも、それを子供に教えた方がいい。

人は人、自分は自分という考え方、自信を子供に植えつけるのが教育というものではないのか。

なぜ皆と同じでなければいけないのか？

あるお母さんにそれを訊《き》くと、「同じでなければサベツされる」という答が返ってきた。サベツはイジメに通じ、イジメは劣等感につながる。子供に劣等感を与えたくない、サベツ、イジメから子供を守らなければならない――。それが親が何より大事な問題として考えなければならないことだといわれた。

そこで又、私はふしぎに思う。

劣等感のもとを排除することよりも、劣等感と戦いうち克《か》つことの大事さをなぜ考えないのだろう。なぜそれを教えないのだろう。人間、生きている限り、何らかの形で劣等感はやってくる。劣等感は人が成長する過程に必要な「毒」あるいは「病気」である。子供の幼い身体はハシカや百日咳《ひゃくにちぜき》を乗り越えることによって成長し、強くなっていくのだというが、劣等感は心のハシカや百日咳であろう。

しかし今はワクチンの力でハシカや百日咳を抑制する。同様に劣等感のもとになるものも排除しなければならないとされている。

そうして今の子供はひ弱だ、がんばりの力がない、何も出来ない、といって歎《なげ》いているのはおかしくはないか？　自分でひ弱にしておいて、ひ弱ひ弱と心配している。

「教育熱心」とされているお母さんほど、そうなっているということで、それが私の最後のふしぎである。

さんざんな私

年明けにS社から私のエッセイ集が出ることになった。題名は『さんざんな男たち、女たち』という。

さんざんな男たち、女たち――。

いったいどういう意味なのだろう？

自分の著書なのに「なのだろう？」とはおかしいと読者諸賢はお思いでしょう。私もそう思う。しかしその題名はS社が考えたもので、しかも最高幹部が知恵を集めた結果、

「これだ！　これよりほかにいい題名はない！」

といって決ったものなのであるという。

向うは「これだ！」と思ったかもしれないが、私は「これはひどい！　ひどすぎる！」と思った。

「さんざんな男たち女たちとはどういう意味なんですか、いったい――」

といった私の声は隠しようもなく不機嫌である。私はそのエッセイ集の中でこの頃、身に染みて感じていることを書いた。かいつまんでいえば、世代間の断絶が価値観だけでなく、日常の生活感覚にも及んできているということへの慨歎《がいたん》である。もはや自分のいい分が正しいなどといえる時代ではなくなった。どっちが正しいという価値判断や主張が出来る時代ではなく、それぞれがその違いに耐えて生きなければならなくなってしまったのだ。怒りたいが怒っても相手に通じない。通じないとわかってはいるがしかしハラが立つ。ハラを立てながら無力感を覚えているという、そんな矛盾への自嘲《じちょう》を籠《こ》めて書いたものであるから、私としては、『いうはムダとは思えども』（いわずにゃおれぬこの辛さ）とつけたい。あるいは『憮然《ぶぜん》、呆然《ぼうぜん》、唖然《あぜん》』とでもつけたい気持である。しかしS社Y氏はこういった。

「つまりこの本の中で佐藤さんは若い人たちに対していろいろ腹を立てて悪口を書いていますね。そんなふうに書かれてですね、さんざんな目にあった男たち、女たち——そういう意味なんです」

「でもおかしいじゃありませんか。あなたのいうように私がさんざんな目にあわせているとしたら、第三者がいうのならともかく、そんな目にあわせた本人がいうのはへんですよ。第一、『さんざん』という言葉のあとには、『目にあった』という言葉がつくべきものでしょう?」

「その通りです。ですからここではそれを抜いているんです」

「抜いている!」

簡単に抜いてもらっちゃ困る。それは日本語に対する冒瀆《ぼうとく》ではないか? 不肖佐藤愛子、書くものはふざけていても言葉だけは正しく使いたいと念じているものだ。『さんざんな男たち……』なんて勝手に手ヌキしたわけのわからん言葉を題名に使いたくない!

そもそも「さんざん」とは、

①　残る所のないさま。ちりぢり、ばらばら。

②　容赦なくはげしいさま。したたか。

③　甚だ見苦しいさま。ひどくみじめなさま。

と広辞苑にある。

『さんざんな男たち、女たち』のさんざんはその③に当るとY氏はいいたいのであろう。③の用例に、「あれは散々の醜男ぢや」という狂言の言葉が出ているが、この場合「散々」は醜男の「醜」にかかっている。つまり「甚だひどい醜男」ということになる。

「『さんざんな男たち』では、いったい何が散々なのか、わからないではないですか?」

「ですからそれは、中身を読めばわかるわけでして」

「私がやっつけているから?」

「その通りでして」

「ですからねッ！　私はやっつけているんじゃないんです！　ボヤいてるだけなのよッ！　この断絶を……どちらかといえば、私の方がさんざんな目にあってるって気持なのよッ」

「あッ、そういう意味も籠《こ》められますね！　読む人によっていろんな意味にとれるというのもまた面白いんじゃないでしょうか……」

「ちっとも面白くありませんよッ！」

「そうでしょうか？　ぼくは面白いと思いますがねえ。いろんな意味にとれるというのは実に現代的です」

「わかったわ、あなたはフィーリングで考えていらっしゃるのね！」

「そうそうそうなんです。フィーリングなんです！」

「けど私は言葉をフィーリングで使うことは反対です。私は正確な言葉を使って余韻を持たせたいのよ」

「おっしゃることはわかりますが、しかし、この題名はいいと思いますねえ。これなら売れると思いますよ」

売れる！

ああもう聞き飽きた。

売れる、売れる、売れる——。

誰も彼も今は「売れる」「儲《もう》かる」ということばかり考えていて、その目的のためには、どんなことでも許されると信じている！

更に情けないことは、「売れる」と一言いえば、どんな人間も主張を引っ込めて妥協すると思いこんでいることだ。そうでない人間が今の世の中に生きているとは思わないことだ。その確信のブルドーザーで作者の意図、主張は押しつぶされてしまう。

怒髪天を衝《つ》くという趣《おもむき》で、私は口をパクパクさせ、次の言葉がでてこない。敵のこの確信を粉砕するべきどんな言葉も私には思いつかないのである。

「よろしい！　じゃあ、その題で出せばいいでしょう。その代り、私は前書きを書きます。つまりこの題は気に入らないのに私はS社に押し切られた。この題名こそ現代の知的産業の堕落の象徴であると書いて、読者の判断を求めるわ。それでもいいですか？」

どうだ！　マイったか！

敵は慌てて意見を撤回してくると思いきや、

「やあ！」

Y氏は朗らかに叫んだ。

「そいつは面白いですねえ！　これは面白い、売れますよ！」

私は辛うじて態勢を立て直し、

「いいんですか、あなたの社を罵《ののし》るわけよ」

「ぼくは面白いと思いますねえ！」

「赤恥をかかされるのよ、私に。それでもいいんですか？　あなたはよくても、社長はどう思われるか……」

さすがにためらいが起きたとみえて、では相談して後ほどお返事します、といって電話は切れたが、十分経つか経たぬうちにかかってきた。

「先ほどはまことに失礼いたしました。相談の結果、社長もたいそう面白いといいまして、ではそのように、おっしゃるようにしていただこうということになりました」

「いいんですか……ほんとうに……」

敗残の兵のごとく私はいった。

ああ、かくなりたる上は『さんざんな男たち、女たち』ではなく、『さんざんな私』と題名をつけたいものである。

三文作家のメモ

まるで春がきたように暖かい一月の夕方、新宿のレストランビルのエレベーターで、私は一組の男女と乗り合せた。

女性の方は三十五、六か、あるいはもう四十になっているかもしれない。見るからに「主婦」といった趣の、茶色っぽいタイトのツーピースを着て、ピカピカのハンドバッグを提げている。髪はふんわり膨らんで、今セットをしたばかりである証拠に、セットローションの香がプンプンしている。特に容姿がすぐれているという方ではない。家庭の匂いが、項《うなじ》や腰のあたりに漂っている。

男性の方はというと、平均的日本のサラリーマンというタイプである。紺の背広、エンジのネクタイ。顔は四角と丸の中間で、中肉中背、黒縁のメガネ、黒い鞄を提げている。

一瞬のうちにそれだけのことを目に納めたのは、こんな会話が耳に入ったためである。

「ほんとに、ちっとも変ってないねえ」

「あーら、そうかしら……わたしね、もしわからなかったらどうしようかと思って……」

「すぐわかりましたよ」

「ほんとう?……よかった……」

耳に入った会話はそれだけである。女性がそこまでいった時、エレベーターが止って二人は降りて行ったからだ。エレベーターの扉が閉る間際に、男が先に立ってそこのレストランへ入って行く姿が見えた。

——あの二人は……

と私は思った。三文作家の職業意識というか、習性というか、忽《たちま》ち想像が広がるのである。

——あれは何年ぶりかで会った高校時代、あるいは中学時代の同級生だ。何かのことで二人とも地方から東京へ来ていることがわかって、久しぶりで会うことになったのだろう。もしかしたら二人はその昔、好き同士だったのかもしれない。

「もしわからなかったらどうしようかと思って」

「すぐわかりましたよ」

「ほんとう？……よかった……」

というあたりに女の方のある感情が流露しているではないか？　それは傍に他人がいることを忘れた声で、いささか足が地面から浮き上っている感じがあった。

——二人はこれから食事をしながら思い出話に花を咲かせるのだろう。共通の思い出は、離れていた歳月をぐっと縮めるだろう。その頃の気持が蘇《よみがえ》ってくる。

「懐かしいわねえ……」

と彼女はくり返す。懐かしさの中に、新しい恋のようなものが生れかけている。男はそれを察知する。

男の方にも恋が生れるか？

いや、彼女には気の毒だが、それはないように私には思われる。なにしろ彼女はあまりにも「おばさんふう」なのだ。男の昔の夢は砕け散ったのではないか？

「ちっとも変ってないねえ」

といったけれど、それは本心か、あるいはショックを隠すためのとっさの挨拶《あいさつ》か、それとも彼女は昔から「おばさん風」の女の子だったか。

もしこれを小説にする場合は、どれにしようか、と私は考える。私の好みとしては二番目である。そうでないと私の小説は面白くならない。つまり私の小説は私のイジワルさで面白くしている場合が少なくないのである。私がイジワルでなく、ロマンチックな人間であったら、この発端から、美しくも苦しいラブロマンスが奏でられるのだろうが、それでは私は少しも面白くないのである。

ある時、私は渋谷のトンカツ屋にいた。映画を見た帰りの夕暮である。私は格別トンカツが好きだというわけではないが、夕食どきのことでどの店にも席がなく、たまたま空席があったので、トンカツ屋に入ったのである。なぜか私がトンカツ屋でトンカツを食べるのは考えてみれば生れてから二度目である。一度は友人が、あるトンカツ屋の割引券を持っていて、それで奢《おご》ってもらった。三十年も前のことだ。

そんなことを思い出しながら席に着いた。店内は広いが、テーブルの間隔を狭くして、大勢の客を収容出来るように作られている、大衆向きの店だ。

すぐ右隣の、手を伸ばせば届きそうな所に、学生風の男女が向き合ってトンカツ定食を食べている。二人はどうやら高校時代の同級生で、それが偶然出会ったという寸法らしい。旧友の噂《うわさ》をかわるがわるしゃべっている。そのうち、青年がいった。

「おいしい？　そのトンカツ……」

「うん、おいしい……」

女の子は簡単に答えて次の話題に入る。私は胸の中で、「おいしくないよ、これは」といっている。まったくひどいトンカツだ。油が悪い。豚肉がパサパサしている。キャベツのセン切りの粗いこと！

二人はまた×ちゃんは、とか○△さんは、という話に戻った。青年はご飯のお代りをした。女の子の方は殆《ほとん》ど皿のご飯を食べていない。トンカツもまだ大分残っている。それはおしゃべりに夢中のためか、うまくないためか。（私は多分、後者の方ではないかと思うが）

暫《しばら》くすると青年はまた話を打ち切っていった。

「それ、おいしい？」

「おいしいわよ」

「ほんとにおいしい？」

「おいしい……」

「そう？　よかった」

ほっとしたようにいった。

「このトンカツ定食は、ぼくのおすすめ品なんだ。金がある時とか、パーッとやりたい時はここへくるんだ」

「そう」

女の子は細面の秀才タイプ。青年は坐《すわ》っていてもズングリ度がわかるといった体《てい》の、色黒の男だ。

このトンカツ定食がおすすめ品で、パーッとやりたい時はここへくる——。

その言葉に私はジーンときた。今日、彼は彼女と会って、「パーッ」とやりたくなったのだ。彼は彼女に昔から憧《あこが》れていたのかもしれない。しかし彼女の方は、どうもお義理で来ているというふうだ。だがたとえお義理にしても「おいしい」だけじゃなく、

「うーん、おいしいーッ、とっても！」

気合を入れて返事が出来ないものか。私はズングリの青年のために義憤を覚える。

彼女が「おいしい」とだけしかいわないのは、実際にトンカツがうまくないためだけじゃなく、彼に何の関心もないせいかもしれない。何の関心もないどころか、迷惑を

感じているのかもしれない。

今日私は去年のメモの中にこの二つの寸描を見つけた。あのエレベーターの男女、トンカツ屋の二人の学生。今頃はどうしているだろう。あのひと時は今も彼らの生活の上に、何かの意味を与えているのだろうか。それとも寄せては返す海辺の波がどこかへ持ち去った貝殻かゴミのように、あとかたもなくかき消えているだろうか。私はそれを知りたいと思う。

現代犯罪考

私の若い頃（今から四十年あまり前）は「犯罪のかげに女あり」といわれ、罪を犯すのは専ら男と決っていた。女はいつも男の蔭《かげ》にいて、男に従っている存在だったから、罪を犯すなどという社会的（？）立場に立ったことがなかったのである。

生きるために社会の荒波と戦うのは男の役目だった。原始のはじめより、女は家で獲物を持って帰ってくる男を待っていたのだ。たとえ性悪《しょうわる》といわれる女であっても、表立って悪事は働かなかった。うちにいて男をそそのかした。男をそそのかすような性悪が相手でなくても、惚《ほ》れた女の歓心を得たいために悪事を働く男もいた。しかしたいていの場合、女は男の犯罪に泣いたものである。女は優しく弱く堅実で真面目だった。

そんな女が罪を犯す時は、逆上しての殺人、あるいは怨《うら》みの一念凝っての殺人、あるいは精神不安定のための衝動的な万引きなどで、彼女がそんなことをしてしまう理由には納得出来るものがあった。計画を練りに練っての犯罪は少なかった。そんな罪を犯すにも、それだけの経験、知恵、社会的立場、何もなかったからであろう。

それが昭和四十年代あたりから変化してきた。「犯罪のかげに女あり」ではなく、「犯罪のかげに男あり」になってきた。主役は女が務めるようになってきたのである。

若い女性が男に貢ぐために勤務先の大金に手をつけるという事件がそう珍しいことではなくなってきた。女性は社会的に解放されると同時に犯罪面でも解放（？）されていったのだ。昔は女が男に貢ぐといえば、せいだい苦界《くがい》に身を沈めて得た金を、電柱のかげでせびりに来た男に渡す、という程度だったのである。

そんなことを思いながら、手もとの週刊誌をめくっているとこんなタイトルが目に止った。

「架空の赤チャン千七百人で三億円詐取した女事務員の財テク」

大手ミシンメーカーの健康保険組合に勤める四十六歳の女性が、医療給付に関する事務を行っていたのをいいことに、架空の出産をでっち上げて、「配偶者分娩費《ぶんべんひ》」を七年間に約三億円着服していたのだ。組合員は四千七百人いるが、本人や配偶者が子供を産む可能性のある組合員は約半分くらいとみても、一年平均、二百四十人も子供が生れたという計算になる。

さすがに組合の財政が悪化してきて、原因分析を始めたところ、医療費、特に分娩費が突出していることがわかった。他の会社の四倍になっていたのである。ところがこの原因究明を、ほかならぬこの女性にやらせていた。そのため不正の発見が遅れたというのである。

「彼女は都合のいい報告を上司にしていたというわけです」

と組合の理事長さんがコメントしているのを読んで、私はへんなところでつい感心してしまった。

とにもかくにも上司を納得させるような「都合のいい報告」が彼女には出来たので

である。

「女も賢くなったものだなあ……」

と嘆声を上げてしまう私は、「むかし人間」である。「上司を納得させる報告の作成」など、私にはとても出来ない。そんな度胸もない。第一アタマがない。

彼女はそうして稼いだ金で家を建て、一億数千万の抵当証券、利付き国債を買い、一時払い養老保険に加入していたという。

「悪銭身につかず」といって昔から、盗んだ金はすべて遊興などに使い果してしまうものとされていたが、今や財テク時代。盗んだ金で財産を増やすという堅実さである。彼女の勤務状況は極めて真面目で、遅刻、欠勤はほとんどなかった、と理事長は語っている。

今や女は単独で、自分の生活設計のために罪を犯すようになったのだ。犯罪のかげに男はいない。飢えに泣く子もいない。病に苦しむ老母もいない。誰のためでもなく、「自分のために」女が罪を犯す時代が来たのである。

女が「やさしく弱く堅実で真面目」だったのは、社会に進出していなかったという、ただそれだけのためだったのだろうか？

「ワイロ、汚職、裏取引は男性だけのもの」

と演説していた女性がいたが、それは女性がワイロを貰《もら》ったり、汚職をしたり、裏取引を行ったりすることが出来るような地位に就いたことがなかっただけじゃないか？　そう男どもからいわれないようにしたいものである。

ところで、昨日二月二十九日の新聞には専修大学商学部の教授が、現金百万円を受け取って偽造学生証を作成し、学生の方は百万円で補欠入学したとばかり思って授業に出ていたという事件が報道されている。その無籍学生は三人から五人はいるという。一人百万円として、教授は三百万円から五百万円を手にしたわけだ。

女が犯罪に進出したばかりでなく、この頃は知識人が罪を犯すようになっている。悪事を働くということは、昔は無知、貧困が原因だった。少なくとも知性教養を身につけた人間は、小細工をして金を懐にすることなどとても出来なかった。たとえどんなに金に困っていても、知性教養がそれを許さなかったのである。

しかも大学教授というからには明日の糧に困っているというわけではないだろう。無知でもなければ貧困でもない。なのになぜ彼はそんな小細工を考えてまで金を手にしようとしたのか、誰もが飢えを知らぬ豊かな時代がもたらした人間の腐敗である。

今は知性も教養も地位も、何の意味もない時代になった。元大蔵事務次官で現役の代議士が株の売買益二億円の申告を怠ったとしてマスコミに登場したのはつい先週のことである。それは五十八年から六十年の三年間の調査で判明したことであるから、もしかしたらそれ以前の申告漏れもあるかもしれない。

一方、この私といえば、五十九年度に朝日放送なる放送局から四千円の謝礼を貰い、源泉徴収税を一割引かれて三千六百円の収入を「申告漏れ」したとの問い合せを今、税務署から受けているところである。

何年か前までは、漫画に出てくる泥棒は豆絞りの手拭《てぬぐ》いで頬《ほお》っかぶりをし、地下足袋を履いて背中に大きな風呂敷包みを背負っていたものだ。私はあの泥棒が懐かしい。

盗みに入る前は家のまわりで脱糞《だっぷん》する。そうしておけば家の者は目が醒《さ》めないというジンクスがあると聞いたことがある（また緊張のあまり便意を催すのだという説もある）。犬に吠《ほ》えられ、シッシッといいながらお尻をまくって脱糞し、月が雲間に入るのを見届けて軒下に忍び寄る。一か八か、のるかそるかの瀬戸際を通って雨戸を外し、無事（？）大風呂敷包みを背負って出てきたドロボウ。あのドロボウさんが私は懐かしい。

お不動様とマヨネーズ

七年ばかり前のこと、ある霊能者から「佐藤さんは不動明王が守っておられます」といわれて以来、私はお不動様を信仰している。

いうまでもなく、お不動さまは我々の目には見えない。従って「守っておられます」といわれた時に、それをすぐに信じる人もいれば信じない人もいる。すぐに信じて忽《たちま》ち信者になったりする者は「単細胞」だと笑われるのが今の世である。目に見えないものをなぜ信じることが出来るのか、何を根拠にそれを信じるのかと嘲笑《ちょうしょう》的にいう人が多いが、私は「それは有難い」とすぐに信じた。

年をとるに従って人は用心深くなり、疑い深くなるというが、私はその反対で（もっとも若い時分から不用心ですぐに人を信じては欺される人間ではあったが）、老来ますますその傾向が強くなって、すべてを無心に受け容れようと意志するようにさえなっているのである。

こいつは疑わしいな、眉《まゆ》ツバだと思うことはそれはある。しかしそう思いながらも、信じたいという気持の強さの方が勝って、その結果、

「どうもこいつはハナからくさいと思ってたのよ」

とぼやくことになったりするのだが、それでも信じたいという気持を捨てることが出来ない。だから、「お不動さまが守って下さっている」ことを私は忽ち固く信じたのである。

ところで三月に入ってはじめての日曜日、私はふと、

「そうだ、マヨネーズを作ろう！」

と思い立った。私はマヨネーズ作りの名人であると、かねてより自負している。ほかに自慢料理といえるものはないが、マヨネーズだけはおいしいと誰もが褒めてくれるのだ。娘は電動式の攪拌機《かくはんき》を使っているが、私はそのようなものは使わない。あく

まで我が手で泡立器をあやつるのである。

更に自慢させていただくと、それが実に早い。五分とかからない。どうしてそんなに早くやれるの、と人はいうが、

「要するに気魄《きはく》の問題」

と私は答えることにしている。泡立器をあやつるのは、強く、手早くしなければならない。のたのたしていると油くさくなっておいしくない（と私は自分勝手に思いこんでいる）。

話が前後するが、マヨネーズの作り方は、洋ガラシ、卵黄、砂糖、塩に酢を少量入れて混ぜ、そこへサラダオイルを糸状に注ぎながら攪拌し、かたくなると酢を加えてゆるめてからまた油を注ぎ、またかたくなると酢を加えてゆるめ、そのくり返しによって量が増えて出来上っていくものである。

さてその日、私は卵黄三個分でマヨネーズを作りはじめた。卵黄三個分の時は洋ガラシはスプーン三杯、塩、砂糖も三杯ずつ、サラダ油も三カップである。酢は「適

量」で、ここがむずかしいところなのだ。何杯とか何カップとかはいえない。泡立器をあやつる時の感触の問題なのである。

電動式攪拌機《かくはんき》なんかを使っていたら、酢をいつ、どの程度入れればいいか、見当がつかないではないか。時をかまわず、料理の本に書いてある分量をドバーッと入れるから微妙な味のマヨネーズが作れないのだ……と、えらそうに講釈しながら作りはじめた。

と、どうしたことか！

なぜか酢と油が分離してくるのである。しかしそれくらいのことでは私は慌てない。今までにも若い家事手伝いに作らせると、よく分離したものだ。仕方なく私が別に新しく作りはじめ、そこに分離したドロドロを少しずつ入れていくと、うまい具合に混り合って失敗作が救われる。

「どう！　ざっとこんなもんよ！」

この腕前、見よとばかりに鼻をうごめかしたものだ。

そんな経験を何度もしているので、私は悠然と別のボールに新しく材料を整えてやりはじめた。

ところがどうだろう、またしても分離してくるのである。

「おかしいなァ」

といいながら、また更に新しく作りはじめた。だが、また分離する。

「いったいこれは……」

と私は分離したマヨネーズの三つのボールを前に考え込んだ。何か忘れたことがあるにちがいない。洋ガラシ、卵黄、塩、砂糖……とひとつひとつ確認する。私は四十年前からマヨネーズ作りの名人とうたわれてきた身だ。一月前にも作ったばかりである。いったい、何がいけないのか?

私は慌てて四十五年前から大事にしている料理「虎《とら》の巻」を開いた。ついに頭がボケたかと心細くなったのである。しかし何度読み直しても間違ってはいない。原因はどうしてもわからない。

ついに私は娘を呼んだ。娘は分離した三つのボールの中を見て、

「なにやってんのよう！」

鬼の首でも取ったようにえらそうにいい、例の電動攪拌機を出してくると、新しく玉子を割って作りはじめた。

ところがまた分離！

私と娘は無言のまま顔を見合せ、私はどっと疲れが出て傍の椅子《いす》にくずおれる。娘は買物籠《かいものかご》を持って出て行った。玉子を買いに行ったのである。買ってきた玉子でまた作りはじめた。だがまた分離。今度はもしや酢が古くなっているのでは、と酢を買いに行く。また分離。今度は油を新しくする。ついでに洋ガラシも買い直す。

親娘して十個の玉子を費し、そのいずれもが分離している。もう諦《あきら》めよう、今日は日が悪いにちがいない、といいながらも台所に並んでいるボールの数を見ると、ムラムラと闘争心が湧《わ》いてきて、また玉子を割り出す。夕飯を食べる気もしない。いつかとっぷり日は暮れて、夕食時《どき》になっているのである。

「よしッ、最後にもう一度、挑戦しよう！」

私はそういって、両手を合せた。

「南無大日大聖不動明王、なにとぞマヨネーズ作りをば、成就させ給え」

三度大声で唱え、新しい手拭《てぬぐ》いでハチマキをして作りはじめた。

と、なんと！　今度は分離せずに、ねっとりと調子よくかたまっていくではないか！

欣喜雀躍《きんきじゃくやく》。さっきからの分離したドロドロを少しずつ加え、サラダオイルで増やして行けば、ああなんと家にあるだけの大ガラス瓶に六本！　流しは玉子の殻の山！

「お不動さまはやっぱり守って下さった！」

と私は感激したのであった。

マヨネーズが分離した理由はいまだにわからない。

私は愈々《いよいよ》お不動さまを信仰している。

Ⅱ　何がおかしい

人間の自然

歌手の萩原健一が写真雑誌のカメラマンを殴ったというので告訴されたという事件があったのは、去年の秋だったか、冬に入ってからだったか、この頃のように目まぐるしく日が経って行くと、ついこの間のことでも忽《たちま》ち旧聞に属してしまう。何かと取《と》り沙汰《ざた》されることの多い萩原健一のことであるから、「またしてもショーケンが……」という煽動的《せんどうてき》な書き方でスポーツ紙や週刊誌が仰々しく報道していたが、その後、告訴の方はどうなったのか、報道はそこで途切れている。たまたま来合せたマスコミ関係の女性に、あの告訴はどうなったのかと質問したら、「さあ？　どうなったのかしらねえ……けれど、あなたもイガイとスキねえ……」

と笑われた。

いや、スキというのではなく、私はこの「告訴」に興味があるのだ。雑誌側はなぜ告訴したのか、その訴えを裁判官はどう判断するのか、私はそれを知りたい。それほど私にはこの事件は奇怪至極なものに思われるのである。

事件をご存知ない方のために簡単にあらましをいうと、こういうことである。ある日、萩原健一が映画の打ち合せか何かの会場から帰ろうとして、女優の倍賞美津子と一緒に出て来たら、断りもなくいきなり写真を撮られた。怒った萩原がフィルムを返せといい、カメラマンは返さぬといって揉《も》み合いになり、萩原はカメラマンに暴力を振った。芸能ジャアナリズムでは、かねてから萩原と倍賞の仲を取沙汰していたので、それを裏づける写真が欲しかったのである。

雑誌の方は必要があったのかもしれないが、萩原の方は迷惑だから喧嘩《けんか》になった。萩原が怒るのは当然である。ただでさえ萩原はこれまで芸能ジャアナリズムの好餌《こうじ》になってきている。彼がカメラマンを殴ったのは、松の廊下における浅野内匠頭の心境だったのにちがいない。いやわざわざ浅野内匠頭を持ち出すまでもなく、いわれもなく無礼を働かれれば怒るのが人間の自然というものだ。

ところが、何という奇怪な発想だろう。人のいやがることを無理にしておいて、相手が怒ると告訴をするというのだ。苛《いじ》めっ子が弱虫を苛めていると、突然、たまりかねた弱虫が逆襲して来た。その時、やられた苛めっ子はどうするか。負けずに戦うか、逃げるか、謝るか、三つのうちのどれかを選ぶだろうが、間違っても先生や親のところへいいつけに走ったりはしない。苛めっ子は自分が悪いことを自覚しているからである。苛めっ子ほどの自己認識もない雑誌社のひとりよがりに私は驚かずにはいられない。

私の父は若い頃、報知新聞社の政治部の記者をしていたことがある。それは明治三十四、五年頃のことだが、時の貴族院議長近衛篤麿《このえあつまろ》の主唱で国民同盟会が出来、その大会が芝の紅葉館で開かれた。父が新聞記者として大会へ出かけていくと、一人の壮士風の男が通りかかって、

「おい、新聞屋——」

と呼んだ。父が聞こえぬふりをしていると男はつづけていった。

「おい新聞屋、聞こえんのか……」

私の父は若年の頃、当時の国粋主義者で日本新聞の社主であった陸羯南《くがかつなん》に師事していた。新聞社は商売のために新聞を発行するものではない、従って新聞記者というものは貧しく、正しく社会の指導者として記事を書く任務を持っている、と教えられていたので、「新聞屋」と呼ばれて腹を立てた。

「新聞屋とは何だ、失敬な……」

そう怒鳴ると相手は、

「新聞屋だから新聞屋と呼んだのだ、不都合があるか！」

といい返したので、父は突然、男の横面を殴り飛ばした。ひるむところを車返しに投げ飛ばし、倒れた上に馬乗りになって散々、殴りつけた。するとこの光景を見た数人の壮士が駆《か》けつけてきて父を取り囲む。それを見て各社の政治記者が立ち上って来て、紅葉館の玄関先であわや大乱闘が始まりそうになった。その時騒ぎを聞いて奥から近衛篤麿が出て来た。事情を聞いて篤麿はいった。

「それは小池が悪い。佐藤君に謝りたまえ」

相手は玄洋社の小池平一郎という壮士だったのだ。彼は、

「殴らせた上に謝るのか、割に合わないなあ」

といい、父に謝罪してこういった。

「俺《おれ》は君に殴られたと思うと腹が立つが、俺の頭で君の手を殴ったと思えば腹は立たん」


単純にして明快。いかにも明治時代らしい話である。

——俺は君に殴られたと思うと腹が立つが、俺の頭で君の手を殴ったと思えば腹は立たん……。

そういってすべてを水に流して笑って別れることが、なぜ今は出来なくなってしまったのだろう？

笑いたい時には心から笑い、泣きたい時は大いに泣き、腹が立てば怒る。そして怒れば暴力を振うことだってあるのだ。それが人間の自然である。だが今はこの「人間の自然」が捩《ねじ》曲《ま》げられ、歪められ、思いやりとか平和とか優しさなどという空念仏によって踏み固められてしまった。現代に於《お》いて何よりも悪いのは暴力だとされている。萩原健一は暴力を振ったために相手の非を踏み消してしまった。これが明治時代であれば、萩原の暴力は当然の行為として認めてもらえただろうに。

こう書いて来たからといって、私はここで萩原健一の暴力擁護論をぶとうというわけではない。現代社会を平和に生きるために、我々はいかに抑制し、自己管理を強いられているか、そうして造られて来た「平和」と「豊かさ」に、私は居心地の悪さを感じているということをいいたいのである。

何年か前、歌手の沢田研二が新幹線の車中で、乗客から「イモ!」といわれて、怒って殴ったという事件があった。沢田が殴ったのは彼の誇りのためである。受けた侮辱に対して戦うのは男としての沢田の当然の行為だ。しかしマスコミはこぞって沢田を批判し、そのために数年間沢田の歌手生活は沈滞を余儀なくされた。その時、私は何かの雑誌で沢田の行為を擁護したところ、早速女性読者から手紙が来た。

「いかなることがあろうとも、暴力はいけないと思います。暴力を認めるような発言は以後つつしんでいただきますように。私の子供は小学校五年の男の子ですが、暴力否定を教えて来ましたためか、まだ一度も喧嘩《けんか》をしたことなく、妹を可愛がり、気持の優しいいい子に育ってくれています」

それを読んで私は「大丈夫ですか？」といいたくなった。小学校五年にもなって、一度も喧嘩をしたことのない男の子なんて、病人ではないのか？

病人ならわかる。わかるし、それがよい、と思う。つまり喧嘩するだけのエネルギーがないと考えれば納得出来る。それが彼らにとっての「自然」なのであるから。

しかし病人などではなく、健康な少年であるとしたら、彼が一度も喧嘩をしたことがないというのは「不自然」だ。

走る、飛ぶ、大声を出す、壊す、暴れる、そして喧嘩。

子供たちは絶え間なく燃えているエネルギーをこういう形で発散し、消化し、それによって調和を保って成長して行くものではなかったのか。昔のおとなは子供とはそういうものだと理解していた。しかし今は、何であれすべて「暴力」は「悪」として否定される。そういう教育をおとなたちがほどこす。殴り殴られる喧嘩によってエネルギーを調節していた子供は、今は何によってエネルギーを発散させればいいのだろうか。

あるいはこの頃問題になっている学童の「イジメ」は、出口を失ったエネルギーが内攻して澱《よど》んで醗酵《はっこう》し、陰湿な苛《いじ》めの形をとって出て来ているのかもしれないと私は考える。「子供の自然」を抑え込んでおいて、おとなたちは、苛めに対する教師の注意が足りないといってなじったり、いや、親の放任の責任だと責めたり、右往左往して困っている。

「子供の自然」とはどういうことかということさえわかろうとせずに、ひたすら途方に暮れている。しかしそれも無理はないかもしれない。おとな自身がどんなふうにして「人間の自然」を回復させればいいのかわからなくなっているのだから。

いったい我々は何を怖れ、何を求めて「人間の自然」に逆らおうとしているのだろう？

萩原健一はカメラマンを殴った後で、自分は決して殴ったりはしていない、といい出している。それを知って私は唖然《あぜん》とした。彼にそういわせたもの、それは多分、「暴力は悪だ」という時代が決めた良識であろう。彼及びその周辺の人は、事後の収拾策としてそういうコメントを出すことを考えたに違いない。

萩原は折角（？）殴りながら、自分で自分にケチをつけてしまった。

「確かにオレは殴ったよ！　それがどうした！」

堂々と胸を張ってそういってほしかったと私は思う。いうまでもなく暴力は礼讃《らいさん》すべきものではない。しかし、だからといって怯懦《きょうだ》や卑劣が許されていいというものではないのである。

多民族時代

妻であり母であるけれど、女ではない自分――そういう自分をどう考えればいいんでしょう？　どうすればいいんでしょう？　という質問を受けた。それがこの節の三十代の家庭の主婦の悩みであるという。

妻であり母であるけれど、女ではない？　それはどういう意味ですか？　とこちらの方でも質問したくなった。女であるから、妻であり母なのではないですか？　当今、いくらヘナヘナ男が増加しているといっても、男が妻や母にはなれないでしょう？

そう問い返すと相手は、案の定わからないのねえ、という失望を顔に漂わせて、しかしそれをあまりあからさまに見せて怒らせては面倒、と思ったか、佐藤さんは多分、そうおっしゃるだろうと思いましたけど……といい淀《よど》みつつ、つまり何ですわ……折角女に生れながら女としての楽しみ……女としての生活……生甲斐《いきがい》というのかしら、そういうものがない……。それを思うとイライラしてくるんです。何かしたい！　としきりに思うんですけど、どうすればいいのかわからなくて、ますますイライラするんです、という。

はあ、そうなの、と私はわかったようなわからぬような、生齧《なまかじ》りの異国語でも聞くような気持で、

「しつこいようだけど、妻としての自分、母としての自分は、女としての自分じゃないんですか？」

「ちがうと思います」

「じゃあ女としての自分はどういう自分なんですか？」

と訊《き》く。ですからそれが、よくわからないんです。わからないけれど、そういう自分があっていい筈《はず》だと思うんですわ、といって彼女は曖昧《あいまい》に笑った。その笑いは自嘲《じちょう》の笑いのようでもあり、私の無知を笑うようでもあり、歎《なげ》くようでもある。

日本は世界でも稀有《けう》な、国民の大部分が同一の民族であるからお互いにツーといえばカー。沢山の言葉を費さなくても、お互い同士、すぐにわかり合える共通の感性が育っているから暮しよい、とよくいわれる。十のうち八までいって、あとの二はわざといわない。いわなくてもわかる、という信頼関係が暗黙のうちに成り立っていて、あからさまにいうよりも、むしろその方が含蓄があるとして喜ばれる。だが例えばアメリカなんぞでは、イタリア系アメリカ人、イギリス系、スペイン系などなど、多民族で成り立っているので、さまざまな感性が集合していて、とてもツーといえばカーとはいかない。すべて直截《ちよくせつ》にハッキリ、単純な形でものをいわなければ、日本人のように「含蓄」なんてものを大事にしていると理解され難いといわれている。

ものいへば唇寒し秋の風

という芭蕉の句にしても、とりたてて俳句に蘊蓄《うんちく》のある人でなくても、日本人ならばだいたいの趣向を汲《く》み取れるのである。ただ秋の趣を感じるだけでなく、この句に籠《こ》められている寓意というものまで理解する人が少なくないのである……と、長い間私は思っていた。外国人の目から見ると異様にうつるという日本人の「ニヤニヤ笑い」も、言葉以外のアルファーを伝えているつもりの笑いであることも、私たちにはわかるのである、と。

しかしこの頃、つくづく思うことは、日本も、最近に至って多民族国家の様相を呈してきたということだ。同じ日本人同士だからわかる、という安心がなくなってきた。日本人同士であるから「わかり合えた」ということは、感性や発想の土壌がひとつだったからである。だが今、顔は同じだが、違う土壌に違う感性、違う価値観を育ててきた世代が台頭してきた。「母であり妻ではあるけれど、女でないからつまらない」という花が咲きはじめたのだ。

古い土壌につつましい花を咲かせてきた老年組は、母であり妻であること以上に何かもっと、生き生きした自分の道がないものかとたとえ思ったとしても、その道を行くには妻であり母であることを放棄しなければならないのだと思い決め、とてもその勇気がないままに、妻、母の位置に甘んじて一生を送った。幸か不幸か私個人は、妻、母の失格者となったがゆえに、自分の道を生きられたのだ。しかしそれとても、「自分の道」を生きたのであって、「女としての生甲斐」を堪能したわけではない。更にいうなれば「人間としての生甲斐」はあったかもしれないがそれは「女としての生甲斐」というものではない。いや、「女としての生甲斐」とはどういうものか、それすら私にはわかりかねるのである。観念的にもわからないし、実感としてもわからない。

同年輩の旧友にこのことを話すと、彼女は一言のもとにいってのけた。

「そんなの、ふざけてるわよ！　ナニが女としての人生、よ！」

不マジメだといって怒るのである。彼女の推察では、「女としての人生を生きたい」というのは、多分、結婚しながら独身時代のように好きな時に好きな所へ遊びに行き、おしゃれをし、浮気か擬似恋愛か、そんなものをして楽しく悩んでみたい……その程度のことよ、と頭から決めつける。例えばね、と彼女はいった。

——原宿あたりのカフェテラスで足を組んでタバコをくゆらせていると、向うのテ

ーブルにいる紳士とふと視線が合い、

「いい陽気になりましたね」

「そうですわ。そよ風が、なんてキモチいい……」

「おひとり？」

「こうしているとパリを思い出しましてね」

「え？　ええ……」

「ま、パリを……」

「マロニエが美しい頃ですよ……」

などと、いってもいいわなくてもいいような会話を気どって交し、

「またいつかお目にかかりたいですね」

「え？　でも、きっともう、お会いすることってないんじゃありません？　偶然って、そうありませんもの」

「いや、それはね、簡単ですよ。意志を持てばいいんです」

「まあ……」

――てなことといって嬉《うれ》しがってる。そしてそれがやがて擬似恋愛に発展して、浮き浮きしたり、悩んだり、幸福感に浸ったり、急に色っぽくキレイになったり、人にそういわれて喜んだり……そんな他愛のないことなのよ。そうね、そんなところね……と勝手に決めて我々は憤然とする。低俗といわれても、我々の世代はせいぜいそんな忖度《そんたく》しか出来ないのである。

「妻であり母であることがつまらない？　つまらなくたって、自分にそれだけの力しかなかったらしょうがないじゃないの！」

と急に怒気が籠《こも》る。そういわれてみればつまらない人生を送ってきて、もう取り返しのつかないところまで来てしまった自分に気がつくのである。引き返すことも出来ず、かといって先もない。そんな自分の一生を考えると、バカバカしくなって絶望的になるから、なるべくそういうことは考えまいとして、

「妻として母として一所懸命に生きてきたんだわ。夫は私がいなければ何も出来ない。

空威張りしているけれど、あれで内心は私に先に死なれたらどうしようかと、暗澹《あんたん》としているのよ。けれど私の方は夫が先に死ぬことを考えても、べつに暗澹とはならないわ。生活の基礎さえ固まっていれば、夫がいなくなった方がむしろせいせいする。とにかく、私は妻として母として、するべきことはきちんとしてきましたからね！その満足感はありますよ！」

と心の中でひとりで啖呵《たんか》を切って不満を押しつぶし、満足に切り替える。我々の世代はその日その日を一心不乱に生きなければならない条件下に置かれていたから、「妻として母としての生活だけしかないなんて！　ああ！　これでいいのか！」などと不満を感じるヒマがなかったのだ。

寸刻のヒマもなく、ただひたすら家族のために働いてきた世代と、ヒマがありすぎて、女としての自分はいったいどこにあるのか、と悩んでいる世代とが今、一つの時代を生きている。それだけではない。その上にもうひとつ、妻として母として生きるのはことのなりゆき、いうならばついでであって、一番大切なのは仕事よ、といい切って悩まない新世代が参加してきている。その世代は悩める主婦たちに向っていうだろう。

「そんなこといってないで、どんどんしたいことをすればいいじゃないですか」と。実に簡単明瞭《めいりょう》である。しかし、「どんどんすればいい」といわれても、何をどんどんすればいいのかわからない。したいことをすることにしたわ、と決然と宣言して、そうしてしたこととというのが、パートタイムで一日働いてくること、というのも考えてみれば「女として生きる」こととはほど遠いのである。よしんば職場でちょっとした恋愛沙汰《ざた》があったとしても。

それを見て、老年組は、

「夫も子もあるのに、なんてことでしょう！」と怒るが、

「いいじゃない、楽しければ何したって」と若年層はこともなげ。

そうして、「悩める中年主婦」たちはもっと楽しいこと、もっと燃えることを夢見て苛立《いらだ》っている。同じ時代を生きる女同士だが、今は決してツーカーでわかり合えな

いのである。

先頃、私は某婦人誌からインタビューを申し込まれた。この頃、インタビューのたぐいはお断りすることが多くなっているのだが（というのも前述のような「多民族社会」では、意見を呑《の》み込んでもらう自信がなくなってきている）、たっての依頼に仕方なく承知をしかけたが、その時に写真も撮るといわれてためらった。この数ヵ月、体調が勝れない日が多く、寝たり起きたり、一日中、部屋着のままで過している。写真を、といわれると頭のセットくらいはしなければならないし、着物も着なければならない。それが億劫《おっくう》である。だから写真撮影を伴う取材はたいてい逃げているのである。

しかしその時は、相手の熱意に負けて（強く断るだけのエネルギーがなくて）、承知してしまった。承知したものの、約束の日が近づいてくるにつれて憂鬱《ゆううつ》である。負担感が日に日に強まってくる。（これは病弱の者でなければわからない負担感である）

すると約束の日の前日の日曜日、担当の青年から電話がかかってきた。

「えーとですね。明日、お伺いすることになっている××ですが」

と彼はいった。

「明日は先生は着物ですか、洋服ですか?」

返事の言葉を見つけるのに時間がかかったのは、その質問の意味目的がわからなかったからである。何のためにそういう質問をされるのか。インタビューで写真を撮る場合は、記事の添え物として掲載されるためだ。だから着物か洋服かとわざわざ前日に電話をかけて問い合わせてこられると、そんなに大問題なのかと面喰《めんくら》うのである。こちらは、記事の添物の写真だと思うから承知したのだが、話の様子では、まるでカラーグラビアの撮影でもするようではないか。しかしとりあえず、質問には答えなければならないから、

「寒いうちは着物を着ています」

といった。すると相手は重ねて訊《き》いた。

「着物の色は何色ですか？」

「何色かって……なんでそんなことを今いわなければならないんです？　私は女優じゃないんですから……こんなバアサンの写真なんか、どうだっていいじゃないの」

私の見幕に相手は這々《ほうほう》の体で電話を切った。私の中では怒りがくすぶっている。その怒りは相手の真意がわからぬことと、わからぬままに怒ってしまったことへの後ろめたさのためである。

翌日、私は後ろめたさを抱えてカメラマンとインタビュアーを迎えた。

「昨日は激昂《げっこう》したりしてすみませんでした」

と謝る。てれかくしにアハハと笑ってみせて、どうにかインタビューは順調に終ったのであったが、さて、写真を撮るだんになってカメラマンがこういった。

「この前の篠山紀信さんが撮られた写真、とてもよかったですね。今日はあれに負けないような写真を撮りたいと思いましてね」

「あっ」と思った。その言葉ですべてがわかった。カメラマンは仕事熱心の人だったたのだ。彼は篠山さんよりもいい写真を撮りたいと念願した。そのため着物か洋服か、どんな色かを聞いておいて、あらかじめあれこれ工夫を凝らしておくつもりだったのだ。

それならそうと担当者はその旨を私に説明するべきだと私は思う。カメラマンがいかにいい写真を撮ろうと情熱を燃やしているか。そのために着物は何色かを訊《き》いてくれといっているのだという説明を聞けば、私は怒らずに納得しただろう。「仕事熱心」ということを、何よりも第一とする私は、喜んで何色の着物を着ます、羽織はこうで帯はこれで、と答えたであろう。

いくら日本人はツーといえばカーでわかる、十のうち、八をいうだけでいい、といっても、一しかいわずに十はわからないのである。

ある日の雑談でそんなことを話していると、若い世代に属する男性がいった。

「いやあ、ミミが痛いですなあ。しかしそれは○×式で育った世代の特色なんですね。表現したり説明したりすることを教わっていないのですから、そうなってしまうのです。戦後の国語教育の欠陥です」

「ふーん、そうなの……そういうもんなの」

と私は元気を失った。○×式で育った世代の特色なんです、といわれれば、認めるしかない。それは彼の過失ではなく、教育の責任なのである。

「何だ、そのもののいい方は！」

と、同世代同士ならいえる。いわれた方は、なるほどと思って改める。しかし今は○×式教育でそう育ったのだから、それでよいとすましている。文句をいう方がおかしいと、向うは向うで困っている。

この断絶を何によって埋めればいいのか、私にはわからない。そのうち、我々の世代が死に絶えた時には、○×式時代を生きた者同士、○×式民族国家にもどって○×式で仲よくおやりになるのがよろしいわ、と半ばヤケクソで、私は呟《つぶや》く。

何がおかしい

『週刊読売』六月二十九日号に元衆院法務委員長・福家俊一《ふけとしいち》氏がこんな話を書いている。面白いので丁度、居合せた若い女性たちに読んで聞かせた。

「昔の国会と最近の国会とをくらべると、ヤジの質が違ってきた。現代のヤジは低級である」として、福家氏はヤジとは本来どういうものであるかを説いている。

戦前、大蔵大臣を務め、二・二六事件で暗殺された高橋是清は円満な丸顔で「ダルマ蔵相」と呼ばれていたが、その高橋是清がある時の予算委員会で海軍の拡張予算案の提案理由を説明したことがあった。

その説明の中で彼は、今、列強国に伍《ご》して行くために、いかに海軍の増強が必要であるかを力説してこういった。

「諺《ことわざ》に桃栗《ももくり》三年、柿《かき》八年といいますが……」

するとその時、委員席から三木武吉が叫んだ。

「ダルマは九年……」

「このユーモア、これがヤジなんだよね。このごろのは『バカヤロー』とか『何いってんだ』なんて、うるさいだけだもの。ひとの演説を聴くときは静かに聴く。そしてここぞというとき、みんながたのしくなるような一句を刺す。これが国会のヤジさ」

と福家俊一氏は書いている。

私はこの話を若い娘さんたちに紹介し、改めて一緒に笑おうとしたら、娘さんたちはシーンとして、一様に真面目な顔をして私を見ているのである。

「面白くないの?」

仕方なく私はいった。すると一人の娘さんがいった。

「ダルマは九年って……どういうことなんですか?」

「高橋是清って人はダルマに似ていたのよ」

「はあ……？」

ポカーンとしている。

「知らないの？　『面壁九年』という言葉」

「知りませんが」

「ダルマは壁に向って九年間坐《すわ》りつづけて悟りを開いたという故事があるでしょ」

「はあ……」

「だから、ダルマに似てる高橋是清が、桃栗三年柿八年といったものだから、ダルマは九年、といって野次ったのよ」

「はあ……」

と浮かぬ顔。もう一人の娘さんがいった。

「つまり、桃と栗は三年かかって実をつける、柿が実をつけるのは八年かかる……そのように気長に軍備を増強して行こうと高橋是清がいった。すると三木武吉さんは『ダルマは九年！』って……つまり、ダルマも九年かかって悟りを開いた。だからあなたも気長になさいということなんですか？」

もうおかしくも何ともない。私はこれ以上、話をするのがいやになった。

そういえば、いつかも大学の先生からこんな話を聞いたことがある。ある大学の先生が多忙のため、下調べをすることが出来ないままに講義に立った。そこでその先生は学生に向っていった。

「今日は勧進帳《かんじんちょう》でいく……」

ここでどっときてほしいところを、誰も笑わない。教室中がシーンとして先生の顔を見ている。

「学生に笑ってもらうには、勧進帳という芝居の説明からはじめなければならないのです」

と先生はいった。

「――むかしむかし、源頼朝に追われた義経が、家来の武蔵坊弁慶や四天王と共に山伏姿に身をやつして奥州へ落ち行く途中、安宅《あたか》の関にさしかかった。その時のこと、関所通行の手形がないので、その代りに本物の山伏であることを証明するために勧進帳を読めといわれる。そこで弁慶は白紙空文の勧進帳を読むふりをして危急を逃れる、というのが歌舞伎十八番の一、『勧進帳』である——というような説明をしてですな、しかし、それだけではまだ不十分なので、——そもそも勧進帳というものは、社寺仏像の建立のために金や私物を募る、その趣旨を記した文書であって、この場合、弁慶は、南都東大寺の勧進と嘘《うそ》をついて、読むふりをしたのである——と、ここまで教えなくてはならない。即ち、『今日は勧進帳でいく』といったのは、下調べなしの白紙のノートで講義をするよ、という意味なんだよと……」

しかし、いくら何でもバカバカしくて、そこまで説明をする気にはなれなかったから、その先生は孤独を噛《か》みしめて講義をしたという。

「まったくこの頃は、冗談をいうにも相手を考えなければならないんですなあ……」

と私と先生は歎《たん》じたのであった。

しかし、テレビを見ていると、今ほど人がよく笑う時代はかつてなかったのではないかと見えるくらい、笑い声に満ちている。

もっともテレビ局の娯楽番組は「笑い屋」と称するアルバイトを雇って、番組を盛り上げるために笑い声を上げさせているという話だ。ディレクターの中には、この笑い屋を指揮する人がいて、ここぞというところで、両手を上げてヒラヒラさせる。それを見て「笑い屋」は、

「わーッハッハッハ」

「ゲラゲラゲラ」

思い思いの笑い声をもって応じるのである。テレビカメラはそれがテープの笑い声を入れているものではなく、ホンモノであることを証明するために、笑っている客席をわざわざ写して見せる。確かに老若男女、大口を開け、あるいはその口に手を当て、肩をゆすったり、仰《の》け反《ぞ》ったりして、客席は一生懸命な笑いに満ちているが、しかし、

元来、笑いというものは意志で発するものではないから、「一生懸命な笑い」というのも妙なものなのである。

だが最近では笑い屋さんたちもだんだん熟練してきたので、あれは笑い屋？　いやホンモノのお客でしょう、そうかしら？……などとテレビを見ながら笑い屋の正体究明の方に関心が向いたりするようになった。

ある日、ふと見たテレビで若い客たちが、あまりに他愛のないことでキャアキャア笑っているので、今日の笑い屋は演技過剰だわ、といったら、いや、あれは笑い屋じゃない、今の若い女の子は実によく笑うんですよ、といわれて驚いた。明石家さんまが出て来て何やらいうと、「わーッ」とくる。私の方は何がおかしいのか、さっぱりわからない。「わーッ」「わーッ」とくると、「何がおかしい！」と怒りたくなる。

タケシが何かいう。また「わーッ」だ。ま、この方は「何がおかしい！」と怒るほどのものではなく、笑う気持もわからないではないけれど、なにもそう、転げて笑うほどにおかしいとは思わない。

これは察するに彼女たちはさんまやタケシが好きで、その好きな人が笑わせようとして何かいうと、たとえそれが笑いの爆発を誘うほどのものではなくても、「好きな人が笑わせようとしているのだ」と思うことによって、反射的に、

「キャハハハ……」

と笑うことになるのではないだろうか？

あるいはまた、こうも考えられる。

若い彼女たち（あるいは彼たち）は、俗にいう「箸《はし》が転んでもおかしい」という年頃で、だから「おかしさを感じて笑う」のではなく、「笑いたいという欲求のために笑う」——つまり笑うのはエネルギーの発散であるから、娯楽番組としては面白くなくても、エネルギー発散のきっかけを与えさえすればよい番組だということになっていると考えればいいのだろうか？　余剰エネルギーのない私のようなばあさんは、だから「何がおかしい！」という顔で、ブラウン管の中の笑いの大揺れを見ているのである。

ところでこの冬、中学二年のSという男子生徒がいじめられて自殺するという事件があった。その原因究明の段階で、クラスでその男子生徒の葬式ごっこをしたということが明るみに出た。誰かが、「S君が死んだことにしよう」といい出し、皆で色紙に追悼の言葉を寄せ書きすることになった。その色紙はほかのクラスにも廻《まわ》され、更に三人の教師のところへ廻って行った。一人の教師は「やすらかに」と書き、別の一人は「かなしいよ」と書いた。

そのことが問題になったとき、一人の教師がいった言葉が新聞に掲載された。

「S君の弔いのためといわれたので一度は断ったのですが、生徒たちが『ジョーク、ジョーク』というので、書いてしまったのです」

もう一人の教師はこういっている。

「レクリエーション劇に使うのだからといわれ、『バカなことをするなよ』とたしなめたが、結局『さようなら』と書きました」

それを読んでただささえ教師の不見識に憤慨していた人々は、いやが上にも憤怒したが、私の怒りは逆に冷めて、宙に浮いた怒りは行き場を失った。

——ジョーク、ジョークというので書いた——。

教師たるものが何という不見識ないい分だ、といって非難するのは簡単だ。しかし今は「ジョークの通じない奴はダメな奴だ」という殆《ほとん》ど社会通念のようなものが出来かけている世の中だ。とにかく面白い奴、笑わせる奴が愛され尊敬されるのである。その中身がいかに浮薄であろうとも、だ。

生徒のジョークに笑い、それに合せることの出来ない教師は、生徒の信頼を失うのである。ハナせる教師であり、笑い笑わせてくれる教師でなければ生徒はついてこない。真面目は敬遠される。いや、嫌われる。生徒の人気を得なければ、教育に差支えるとしたら、教師はおかしくなくても生徒と一緒に笑う人間にならなければならないのである。

ある学校にハゲ頭の初老の先生がいた。このハゲ先生は生徒の人気者である。なぜなら彼は、自分からハゲを連発吹聴して生徒を笑わせたからだという。

「ハゲ！」

と生徒にいわれても、教師は怒ってはならぬのだ。いや、いわれる前に、自分からハゲを看板にする。落語家のように、漫才師のように。自分からハゲを吹聴することは、人間的な「ゆとり」なのだという顔をしているから、生徒たちは安心してハゲ、ハゲと連発した。中には飛び上りざまに、ピシャン！　とハゲに平手打ちを喰《く》わせる生徒も出てくる有様である。それでもアハハと笑っている。

ところが本当は「ゆとり」なんてものではなく、あれもこれも、教師として生きるためのテクニック、かつ辛抱だった。彼は耐え難きを耐えて、「よき教師」たらんとしていたのである。

ジョークだといわれて、お弔いごっこに参加してしまった先生の心中を、私はそのように思いやる。真面目な正義漢は、

「まことのよき教師とはそのような教師ではないッ！」

と怒るにちがいない。しかし、ここで「よき教師」の理想像を述べ立てることが、いったいどれだけ役に立つのだろう。「理想の教師」になるための「信念」を持つようには、今の若い教師たちは育っていないのである。

自分の葬式ごっこをされたS君は、教室の机の上に置かれていた色紙や線香やアメ玉、夏ミカンなどの供え物を見て、

「なんだ、これ」

といって笑いを浮かべたという。

私はこの「笑いを浮かべた」という一行を読んで胸引き裂かれる思いをした。僅《わず》か十四歳の少年が、自分の葬式ごっこをされて、怒らずに笑い、い、い、を浮かべたのだ。

――ジョークだ、ジョークだ……。

と彼は自分にいいきかせたにちがいない。

――ジョークだから怒ったり泣いたりしてはならない……と。

事件の後、教育委員会は定例会でこの問題を討議した。その席では、

「教師の方にいじめにすり寄る傾向はなかったか」

「いじめとふざけの区別がつかないようでは教育者として失格である」

という意見が出たそうだ。

しかし私は三人の教師は別段、いじめ側にすり寄ったわけではないのだと思う。ただ教師たちは「ジョーク」の一言に対する抵抗力が欠けていた。まるで水戸黄門の葵《あおい》の印籠《いんろう》と同じように「ジョーク」という一言は、相手を黙らせてしまった。先生たちはジョークのわかる先生になりたかった。そうしなければ生徒とうまくやって行けないとしたら、そうするしかしようがないのである。そこに教師の死活がかかっている。


今は笑いに知性がなくなった。笑いの格調が崩れて、笑いも冗談半分の笑いになっている。どこに本音があるのか、どこまでが冗談なのか。冗談が生活の中に喰《く》い込んで来て、ジョーダン、ジョーダンで笑ってことがすんで行く。笑ってことをすませなければ仲間に入れてもらえないから、おかしくなくてもわーッと笑う。

ジョークはもはや「ゆとり」ではなくなった。今ではそれは生きるための身ごなしなのである。だから私には少しも笑えない。

山からの眺め

例年のごとく北海道の山の上の陋屋《ろうおく》で夏を過している。電話もかからず、郵便物のかたまりが郵便受に投げ込まれるどさっという音に圧迫されることもない。時々、郵便受を覗《のぞ》くと、いつの間に来ていたのか暑中見舞の葉書がヒラリと入っている。実に閑雅な日々である。

庭には十年前に植えた源平うつぎが二、三本、花をつけているだけで、ほかには何の花もない。夏のはじめに近くの人がトラ刈りに刈ってくれた庭の雑草が日に日に伸びて、確か昨日はなかったと思われる山蕗《やまぶき》の丸い小さな葉が雑草の間から顔を出している。このところ毎日霧に閉ざされていた空が久々に晴れ渡ったので、餌《えさ》を探す鳶《とんび》が五、六羽、高く低く舞っている。海岸の方から海ねこの啼声《なきごえ》が風に乗って聞えてくるかと思うと、ふと、鶯《うぐいす》が啼いていたりする。

そんな一日、珍しく電話が鳴った。S週刊誌の編集部からで、今度、小学館から昭和文学全集が出るが、それについて話を聞きたいというのである。

「実はですね」

とS誌編集者はいった。なぜか暗い声である。

「その全集に収録される作家の選び方にムラがあるという声が上っていましてね」

「はあ……」

私は不得要領に返事をした。

「そんな全集が出ることは私は知らなかったんですけど」

といってから、そういえばいつだったたか、河野多恵子さんからちらっとそんな話を聞いたような気がするが、私には縁のない話だと思って忘れていたことに気がついた。

「どうもこの人選は腑《ふ》に落ちないと方々でいわれているんですが、それについてどう思われますか？」

と、インインメツメッという声を出す。

ハハア、と私は納得した。この人はその全集に収録してもらえないい作家の一人である私にコメントさせて、記事の賑《にぎ》わいにしたいのだなということが漸《ようや》くわかった。

何しろ普段から、すぐに怒るうるさ方として悪名を轟《とどろ》かせている私である。こいつにしゃべらせれば、尻尾に火をつけられた馬みたいに、跳ね廻《まわ》って怒るにちがいない――そう期待して彼は苦労をして私の家の電話番号を調べた。お通夜の弔問客のような声を出しているのは、私への弔意を表わしているつもりなのかもしれない。

しかし、いくら私が瞬間湯沸器だといっても、種火をつければ待ってましたとばかりにボワッ！　というわけにはいかない。このところ年のせいか種火も湿りがち、いくらマッチで補足してもらってもつかない時もあるのだ。

元来私はそのような栄光にはほとんど無縁の人間なのである。関心もない。直木賞を受賞したことだって、たまたま運よくそういう廻《めぐ》り合せになったのであって、自分の作品がそう傑作だったとは思っていない。いや、直木賞というものは、その作品自体を評価するのではなく、その作家が今後、職業作家として書きつづけて行けるかどうか、その可能性に与えられる賞なのだと説明されて、そうか、そんなら大いに書きましょう、とそこではり切った。

その後、『戦いすんで日が暮れて』というその受賞作品は、松本清張先生が大いに推して下さったと聞いてとても嬉《うれ》しかった。そのことは受賞よりも嬉しかった。一方、亡くなられた柴田錬三郎氏が大反対であったとも聞いたが、なるほどそうか、それもそうだ、と思っただけである。自分が平素、尊敬している作家に認められれば、それで本望なのである。文学賞は受賞したからといって、泣いて喜ぶほどのものだとは思っていない。賞の対象にならない無名の作家の中にも、優れた才能が隠れていることを私は確信しているのである。

しかし困ったことには、「世間」というものはそういうふうには考えないものなのだ。芥川賞・直木賞を受賞すれば泣いて喜ぶものだと思いこんでいる。だから、「賞、それがどうした」などということを賞に無縁の作家がいうと、世間はあれは負け惜し

み の強いやつだ、と考える。これが実に困る。実に厄介だ。人の価値観について、我が国ほど無理解、鈍感な国民はいないのではないかという気が時々、私はする。

私が北海道のこの僻地《へきち》に山荘を造った時、途中で予算が足りなくなったので、天井のない家になった。予算が足りなければ天井をなしにすればよい、壁もいらん、といって、壁板の代りに、ビートルズやロック歌手たちのポスターを貼《は》って暮していた（それもビートルズが好きだからではなく、たまたま娘が中学生の頃にロックに熱中して集めていたものがあっただけである）。

すると芸術家にも似合わぬ粗っぽい暮し方だという人が出て来た。私は自分を「芸術家」だなどとはゆめ思っていない。「三文作家」と自称して暮している身だ。ロック歌手の顔は眺めてそれほど楽しいというものではないが、ポスターが特大だから貼るのに手間がかからない。だから使ったままでである。

しかし芸術家というものはデリケートな感性の持主であるから、同じ壁板代りに貼るにしても、もっと美しいものを選ぶべきだと芸術家派はいうのである。私はムッとし、だから私は芸術家なんかじゃないんだッ、と怒りたくなる。それでいよいよ、怒りんぼうの上に奇人変人ということになった。

「奇人変人」の肩書きを貰《もら》ってからは、私もいくらかラクになった。その肩書きによってはじめて私の価値観が人と違うことに諦《あきら》めを持ってもらえるようになったからである。しかし、それは私の身近にいる人であって、「世間」というものはやはり、強固なひとつの価値観の鎧《よろい》をがっちりと着こんでいる。昭和文学全集の仲間入りをさせてもらえる栄光を、作家であれば誰しもこいねがうものであると思いこんでいる。ここで私が、

「昭和文学全集？　それがどうした！」

といえば、世間はあれは口惜しさの裏返し、負け惜しみ、というであろう。

「昭和文学全集に入りたかった。今後はいっそう努力して、それを目ざします」

とでもいえば、強がっていてもやっぱりネと、頷《うなず》き合って満足するのであろうか。

私はS誌の記者に向って何と答えればいいのか、これは実にむつかしい。正直な気

持をいおうとしたら、

「昭和文学全集に入ってもいいし、入らなくてもいい、どっちでもいい」

という言葉になる。あるいは、

「隣村のお祭りで、お御輿《みこし》を担がせてもらえないからといってとやかくいうのもおかしなもんですしね」

という言葉にもなる。これがオリンピックで負けたというのなら、感想のいいようがある。選挙で落選したのであれば、落選の弁を用意出来よう。だが私はこの文学全集に立候補したわけではないのだ。「純文学」という隣村のお祭りなのだ。

仕方なく私はいった。

「そんなことを私に訊《き》かれましてもねえ、何といえばいいのか……」

相手は、

「それはそうです、確かにそうです……」

と賛成しながらも、

「しかし『昭和の文学』ですからね、昭和の……」

としつこい。そう力をこめられても、私には何の責任もないのである。

数日後、新聞を開いたら、ふと目についた広告がある。

「昭和文学全集からもれた有名作家たち。

村上春樹、庄司薫、渡辺淳一、佐藤愛子、山本有三、田宮虎彦など」

例のおとむらいの声の記者の週刊誌だ。電話で話をしたヨシミで私も「有名作家」に入れてくれたのだな、とちょっとほほえましく思う。と、その午後、早速、古い友達から電話がかかって来た。

「アイ子さん、たいへんだったわねえ、今回のこと……」

「なにが？」

私はわけがわからない。

「昭和文学全集のこと……」

私は唖然《あぜん》として、

「いやァ、べつに……」

というしかない。

「残念だわァ、あんたのことだから気を強く持っているとは思うけど……」

と何だか家が丸焼けになったみたいだ。

「それほどなにも……たいへんっていうようなことではないんですよ、ま、分相応というかね、私はもともと、純文学作家ではないからね」

「純文学！　ああ、純文学！　純文学っていったい何なの！」

と友達は興奮する。ここで純文学について論じてもしかたないので、私は、

「ま、エエやないですか。これで原稿の注文が来なくなって、飯の食い上げになるというのなら困るけど」

という。

「そうお、そんなもんなの、でもアイ子さん、私、あんたの友達としてクチ惜しいわ

ア……」

うるせえ！　と私はいいたくなる。そんなことといって、ほんとはウレしがってんじゃないのかと、余計なカングリをしたくなる。

同じ日に速達が東京の留守宅から回送されて来た。見も知らぬ読者からで、

「どうか気を落さず、よい作品を書いて小学館を見返してやって下さい」

とある。

私はだんだん不愉快になって来た。清貧を選んで生きようとしている人が、隣近所から気の毒がられて握り飯や芋の煮たのを持って来られた時は、こんな気持がするのではないか、という気分である。

芸術院会員を最高の栄誉と考えて、根廻《ねまわ》し奔走に明け暮れてめでたく芸術院会員になる人もいれば、今東光氏のように、「そんなもん、いらねえ」と断る人もいる。しかしなりたがりや組となりたくない組と、どっちが上か下かということは、本来、ないのである。そこにあるのは、それぞれの価値観だけだ。人の上に立ちたい、人から

仰がれたいと思う人のその情熱によって優れた作品が産み出されることもあるし、そんなものを無視することによって、同じ成果を上げる人もいるのである。

あの人は三十過ぎているのに結婚しないのはおかしい。いや、気の毒だ、いや、可哀そうだ、何とかしてあげなければ、と余計な心配をする人が世の中には沢山いる。しかし本人は「何とかしたい」とは少しも思っていないから、迷惑至極という顔をする。しかし、「三十過ぎて結婚しないのは不幸である」という観念に縛られている人は、その迷惑至極の顔が理解出来ない。

「三十過ぎると女も厄介なのよねえ。わざともったいをつけるのよ」

なんて悪口をいうのである。悪口をいいながら、気をもんであれこれ縁談を持って行くのも、彼女に「人ナミの幸福」を与えたいからだ、という。こういう人に、

「人ナミの幸福って何ですか。私はそんなもの求めていませんのよ」

とでもいおうものなら、その時から彼女を敵に廻すことになりかねないから、いえない。

あんまり始終気の毒がられ、可哀そうがられ、心配されているうちに、だんだん彼女は惨めな気持になって行く。

「私は世俗に妥協せずに私の道を行くのよ！」

と誇り高く思い決めていたのが、自信を失って、

「やっぱり間違っているのかしら、私は」

と考え込むようになる。

結婚はしたい時にすればよいのだが、本当に自分が「結婚したくなった」のか、それとも、「したくないがしなければいけないからしたい」のか、自分でもわからないままに結婚しない自分を惨めに思って悩むようになるのは不幸なことではないか。

それにしてもこの情報時代に、情報時代であればこそ、一人一人の価値観を認め合える筈《はず》がそうではなく、均一のそれの中に巻き込まれなければ生きにくいというのは、いったいなぜなのだろうか。

ここまで書いた時、親しい漁師が魚を持って来てくれていった。

「先生、何とかの文学の本に落選したんだってな」

世間とのつき合いというものは、全く面倒なものだ。ここに到って私は、私をこんな目に遭わせる小学館にはじめて怨《うら》みを抱き、やっぱり全集に入りたかったと、思うのであった。

ノビノビとは？

子供の育て方について質問されると、「とにかくノビノビ育てたいですね」と答える人が多かった。あれはいつ頃のことだろう？

気をつけているとこの頃はノビノビ育てたいと答える人が少ない。多分親たちはその答に現実性がないことに気がついているのである。

たまに「ノビノビ育てたいですね」という人がいても、それはただ願望を表現しているだけで、ノビノビ育てるのが理想だけれども、それは難しい、いや殆《ほとん》ど不可能な時代になってしまった、という詠歎《えいたん》が籠《こも》っているのである。

「そう勉強勉強というな。勉強で人生が決るわけじゃない」

何年か前までは、おじいさんかおばあさんか、あるいは父親か、家の中に一人や二人はそういって、勉強をしないといって叱《しか》られている子供の味方をした人がいたものだ。

「そんなことといったって、今のうちに勉強しておかないと、先で泣くことになるんです。この成績じゃ、とても大学はおろか高校へも行けません」

そういう母親は心配性だといわれ、小学生のうちからそんな先のことを心配したってしようがないよ、先は長いんだ、人生は可能性に満ちているんだよ、子供はノビノビ育てばいい、と反論された。

「あなた（あるいはおじいさん）は実態を知らないからそんなことをいってられるんですよ」

と母親は不服だが、それ以上に論争を開始する用意もないので黙って引き下ったものであった。

だが今は子供の育て方についての反論など、父親にもおじいさんにもない。

「勉強させないで、大学なんか行かなくてもいいなんていってられる時代じゃないんですよ、今は。そんな暢気なことをいっていられるのは、大金持ちだけです」

といわれると、おじいさんはそういうものか、と沈黙し、大金持ちにならなかった自分を思って強く主張も出来ず、ああ情けない世の中になったもんだなァ、と呟《つぶや》くしかない。一家全員、親戚の端々に到るまで、ソレ勉強、サア勉強と意見が一つに揃《そろ》っている。そして子供自身もまた同じ意見なのだ。

学校から帰ると鞄《かばん》をほうり出して外へ遊びに走って行ってしまう——それが子供というものだと思っていた私は、学校から帰るなり、また鞄を提げてスタスタ学習塾へ向う子供たちの姿を見て、はじめのうちは可哀そうに思っていた。しかし可哀そうに思うのは大正生れの時代遅れな感傷であって、子供はそうして塾へ行くことに何の苦痛も感じていない。そこには友達もいて楽しくやっている。むしろ塾へ行かない子供こそ、可哀そうな子なのだといわれた。

「さあ遊ぼう！」

と勢いよく家を飛び出しても、そこに集ってくる仲間はいないのである。仕方なく一人ぽっちでぼんやり道端に立っている。せめて犬と追いかけっこをしようとしても、犬を放して走らせてはいけない、鎖で引っぱって歩かなければいけない、飼主は犬の糞《ふん》の始末をしなければいけないということになっているから、犬と遊ぶことも出来ないのだ。

子供はこれからおとなになって行くための、強力なエネルギーが燃えさかっている熔鉱炉みたいなものだ。走ったり、飛んだり、転んだり、登ったり、落ちたり、喧嘩したりという行動を、子供はそのエネルギーを調節するために行なっている。腕白小僧はワルではなく、エネルギーが人一倍強大なのであると理解すれば、叱《しか》るよりも頼もしがってやるべきである。

何時間も机の前にじっとして、コツコツ勉強をすることに苦痛を感じるのは「子供の自然」である筈《はず》だ。そして一方おとなはそれを知りつつもあえてその自然（エネルギー）を押えつけ、叱り、威《おど》し、いうことをきかせ、無理に勉強をさせることによって、「努力」あるいは「頑張り」「克己心」などを覚えさせようとした。その形で昔の親と子は調和していたといえるかもしれない。

だが今、親たちは子供を叱ったり、威したりしなくなった。する必要がなくなった。子供がみな「いい子」になったからである。

「勉強しなさいよ、なぜしないの、そんなことでどうするの」

と怒鳴らなくても、殆《ほとん》どの子供は進んで勉強をするのである。

今の子供はみな、おとなのように現実を見、考えるようになっている。親が心配してやらなくても、ちゃんと自分で自分の将来を心配しているのだ。将来が不安だから、「勉強しよう」と思っている。将来に大きな夢があるから勉強しようと思うのではなく、将来の生活に心配がないように勉強しようと考えている。

その不安や心配は（かつての子供の頭には浮かんだこともない）、いったいどこから来たのだろうか？

子供のくせにそんなことを考えるなんて、情けないやつだ、といっても仕方がないのである。人ナミの豊かな暮し――。それが今、とりとめのない夢にとって代った彼らの人生の「夢」――ではない、「目標」なのだ。子供に夢はなくなった。その代りに手垢《てあか》のついた現実の目標がある。

何のために学校へ行くのか、と訊かれた時、昔の子供は明瞭《めいりょう》な答えが見つからなかった。

「えらい人になるためです」

中に利発なのがいて答えたりしたが、その「えらい人」というのはどういう人のことをいうのか、具体的に把握しているわけではなかった。えらい人とは、多分、国のために役立つ人、というような意味合を持っていたのだろう。だが、大半の子供はただ漠然と、そこに学校があるから行く。おとなになるためには色んなことを憶えなければならないから行く。行かなければ叱られるから行く、といった程度の自覚しかなかった。

私が今、子供たちを可哀そうに思うのは、「どうしても大学を出なければ幸福な人生を手にすることが出来ない」と思い込んでいることである。更に可哀そうなのは、その思い込みを大人たちは否定することが出来ないという事実である。

八百屋の子供は八百屋を継げばいい、なぜ大学へ行く必要があるのか、とひと頃はよくいったものだ。八百屋の実務に大学出の学歴は必要ではないのに、大学へ行くのは虚栄心にほかならないといわれた。


しかし今はもうそうはいえない。八百屋の隣にスーパーマーケットが出来たら八百屋はつぶれるのである。つぶれたらサラリーマンになるしかない。サラリーマンになるとしたら、大学出の知識が必要になってくるのだ。サラリーマンにならないとしても、八百屋を隆盛にするためには例えば「近代経営学」なんていうものも知っておく必要が生じるのだ。

苦労に負けず、人一倍努力奮闘すれば必ずや道は開けて行く、などという考えは、もう今は通用しない。努力よりも知識である。その知識は「今を生き抜くテクニック」を磨く知識である。「損か、得か」それを優先的に考える知識だ。「いかに儲《もう》けるか」ということが、日本人全体の目的価値になっていて、それの上手な人間が今は「エライ」のである。

そういう「エライ人」にならなければならないという強迫観念が、子供たちを圧迫し「いい子」にしているとしたら、子供は病んでいると考えるべきだ。

だがある時、二十代の息子をもつ私の女友達がこんな述懐をした。

彼女が学歴社会に流されず、抵抗しようと考えて二人の息子を教育した。自分は人生に何を目指すかということをよく考えて前途を決めなさい。みんなが大学へ行くからといって、意味もなく大学を志望する必要は少しもない、というようなことを折にふれ、いっていたのだという。殊に長男の方は虚弱だったから、学歴よりもまず健康を、という考えもあったらしい。彼女を尊敬していた息子は、では大学へ行かずに独学で外国語を勉強する、といった。彼女がフランス語の教師だったこともあって、万事理想的に進んだ。弟の方は高校を中退し、ロックバンドを作って自由に生きる道を選んだ。

そうして八年経った今、長男はフランス語と英語とスペイン語をマスターしたが、いまだに彼女のスネを齧《かじ》っている身である。三か国語が出来ても、独学では就職先がない。第一、ソ、ン、ト、ク、を無視した価値観が通る場所が日本には全くないのだ。

「彼の価値観、認めるわよ、私は」

私がそういうと彼女は暗い声でいった。

「あなたに認めてもらってもしようがないのよ」

そして彼女はいった。

「息子は私を恨んでるんじゃないかしら。母親が余計なことをいったもんだから、人生を間違えてしまったと後悔してるんじゃないかしら」

子供をノビノビ育てたい、と皆がいわなくなった気持はよくわかる。ノビノビ育っていると、子供は「人生の落ちこぼれ」になるのだ。子供が可哀そうだとしても、勉強させて大学を出さなくては、もっと可哀そうなことになるのだと、親は心を鬼にしている（鬼にしなくても、それが当り前だと思っている親もいるだろうが）。

そうして子供は勉強をする。もしかしたら勉強に明け暮れている毎日を、苦痛に感じることもないのかもしれない。私なんぞが子供は可哀そうだ可哀そうだと頻《しき》りに憐《あわ》れんでも、子供にしてみれば何が可哀そうなのかわからないのかもしれない。余計なものは切り捨てて、彼らは彼らで頑張っている。戦争時代、少年航空兵が国のために命を捨てることを当り前のことと受け容れて死んで行ったように、今は経済大国の産業戦士になるために苦闘することを何とも思わずに受け容れているのだろう。

今、子供のエネルギーはどこで、どんなふうに発散し調節されているのだろう？エネルギーは内攻して行き場を失い、自殺やイジメや暴力の形をとって爆発している。

それは親や教師に責任がある問題ではなく、社会のあり方、社会の目ざしているものにこそ問題の鍵《かぎ》が隠されているように私は思う。

子供たちは悲劇と知らずに悲劇のまっただ中に生きて行こうとしている。それをいたましいと思うのは、本当に私の感傷にすぎないのだろうか？

いやァな気持

五月十一日、朝日新聞の朝刊は、帝銀事件の平沢貞通さんの死亡を次のように報道した。

「戦後の混乱期の昭和二十三年一月、東京都豊島区の帝国銀行椎名町支店で、行員ら十六人が青酸カリ入りの溶液を飲まされて十二人が殺され、現金などが奪われた『帝銀事件』の死刑囚、平沢貞通は危篤状態が続いていたが、十日午前八時四十五分、肺炎のため、収監先の東京都八王子市の八王子医療刑務所で死亡した。九十五歳だった。平沢は、『えん罪』を主張し、死刑確定後も獄中から無実を訴えて再審請求や恩赦出願を繰り返してきたが、その死によってわが国犯罪史上例のない凶悪事件はナゾめいた部分を残したまま、一応の終止符が打たれた。二十三年八月の逮捕から約三十九年、三十年五月の死刑確定から三十二年という平沢の獄中生活は、わが国の死刑囚としては最長。またこれほど高齢の囚人も例がなく、死刑囚の時効問題や、死刑制度の是非、運用を含めた刑事政策のあり方などについて、多くの論議を巻き起こしてきた」。

そこまで読んだ時、私は一種名状しがたい「いやァ」な気持になった。それは気の毒さと腹立たしさともどかしさと情けなさが入り混じってこの世がイヤになるといった体《てい》のものである。

私は松本清張氏の『日本の黒い霧』によって平沢貞通さんの無実を確信している。しかし私の「いやァ」な気持の原因は無実の人が死刑を宣告され、三十九年間も獄中生活を余儀なくされてきたことばかりではない。死刑の宣告を下しながら三十二年間執行しなかったということについて、法務省刑事局長は、

「死刑執行については、その重大性にかんがみ、具体的事例に即して慎重に対処してきた。平沢については、死刑の裁判確定後、三十二年経過したが、その間、十七回に及ぶ再審請求と五回にわたる恩赦の出願がなされたこともあって、諸般の事情を検討

しつつ今日に至った。裁判の執行に関係する立場にある者としては、平沢の死亡について所感などを述べることは差し控えたい」と談話を発表しているが、私の「いやァ」な気持は「諸般の事情」などという実のない言葉の白々しさに対する憤りだけでもない。

実はその少し前、私は平沢さんの病状についてのこういう報道を読売新聞で読んでいた。

「帝銀事件の死刑囚・平沢貞通（九五）が、仙台拘置所から八王子医療刑務所に移送されて、あす（四月）二十九日で二年になる。今月五日には肺炎をこじらせて呼吸困難になり、危篤状態に陥ったが、それから三週間、平沢は再び意識を取り戻し、症状も安定してきたという。九十五歳の高齢で重い病気と闘う生命力の強さに、関係者は平沢の執念を見る思いでいる」。

更に東京新聞は、気管切開をして、のどに詰る痰《たん》を取り除くためのチューブを取りつけ、太腿《ふともも》からの点滴をつづけていること、医師団は心肺への負担を考慮し、先月

（三月）はじめに強心剤の量を減らして他の薬に替えたことも報じていた。

私が抱いた「いやァ」な気持は実はこの報道を見た時から始っていたのである。

数年前から、私は現代の死と生について考えるようになっている。それはいい替えるなら、「現代医学の進歩」というものについてである。

医学の進歩によって我々は病苦を癒され、長命を得、死を遠くへ押しやることが出来るようになった。二十年前ならどう手を尽しても死んでしまったに違いない人間が、今は生き永らえている。これは何といってもおめでたいことだ。

しかしめでたいめでたいと喜んでいるうちに、困ったことが起きてきた。今にそうなるんじゃないかと私は心配していたのだが、その心配が杞憂《きゆう》ではなくなってきた。

というのは病人の苦痛や絶望を無視して、とにもかくにも「命を永らえさせる」ということに医師の目的が置かれてきたことだ。たとえいかなる状態にあろうとも「命を永らえる」ということはめでたいことであると頭から決め込まれている。身体中点滴の管に取り巻かれ、酸素テントの中でただ呼吸しているだけの存在であっても、だ。昔はなかったそういう生命維持の方法が今はある。

「病気を直す」のではなく、「生命をただ維持している」だけの状態の中に置かれた患者の絶望と苦痛については医師は考えない。医師が考えないので患者の家族も考えない。考えたとしても、医師が耳を傾けてくれない限り、どうすることも出来ないのである。

私が平沢さんの死の報道を読んで「いやァ」な気持になったのは、彼の死際に私自身のやがてはそうなるかもしれない姿、現代医学の進歩の残酷さを重ね合せたからにほかならない。

九十五歳の死刑囚の気管切開をしてチューブを取りつける必要がいったいどこにあるのか？　新聞は報じている。

「二十七日面会した養子の武彦さん（二八）によると、気管切開による酸素吸入や栄養剤などの点滴は続けているものの、目をはっきり開けて意識はしっかりしている様子。『お父さん、来ましたよ』と声をかけると、まばたきをして反応、顔色もよく呼吸も穏やかだったという」。

「顔色もよく呼吸も穏やかだった」こと、それが何なのだ、と私はいいたくなった。九十五歳の刑を執行されない死刑囚は、気管切開してまで生き永らえたくないと思っていたかもしれない。独断を咎《とが》められるかもしれないが、彼は多分、そう思ったに違いない。

——いったい、いつになったら、らくにしてもらえるのか……と。

これは現代医学の進歩がもたらした残酷物語である。誰が何といっても私はそう思う。

「九十五歳の高齢で重い病気と闘う生命力の強さに、関係者は平沢の執念を見る思いでいる」

と新聞は書いている。

他人の目は元来勝手なものだが、それにしてもこのいい加減さ、冷たさはどうだろう。犯行を裏付ける物的証拠は何もなく、現在の刑事訴訟法の原則に従えば確実に証拠不十分で無罪になっている筈の平沢さんを釈放する勇気もなく、ずるずると獄舎に繋《つな》ぎながら、病気になると気管切開をして生きつづけることを無理強いし、その揚句に新聞は、

「執念を見る思いでいる」

ケロリとそう書く。

まるでこれでは、死刑執行が出来ない代りに、医学の力で平沢さんの苦しみを引き延ばし、もっと苦しめてやろうとする悪魔の手先になったようではないか。

私はそう思うが、当事者にしてみれば、それをヒューマニズムだと思っているのかもしれない。死刑囚をここまで大切にあつかった、最善を尽したことを世間に見せて、権力が犯した過ちを補ったつもりなのだろうか。

いや、もしかしたら、そのいずれでもないのだろうと私は思う。医学の進歩によって、現代人は人間を「もの」として見る癖がついてしまった。その自分たちの「癖」

に対して無自覚であり、人間の心を見ることを忘れて肉体、しかも部分部分を見て能事足れりとしている。

気管に詰った痰《たん》は、気管切開をして除去すればいい――。

現代医学はその方法を見つけた。だから実行する。

発見した限りはそれを実行するのである。相手かまわず……。詰った水道を切って汚物を除去するのと同じように。この時、医術が考えることは「痰が詰る気管」であって九十五歳の「人間」ではないのだ。その「心」でもなく彼が引きずった「人生」でもない。

平沢貞通は「もの」としてそこに寝かされ「修理」をほどこされた。堪えに堪えてきた歳月の果に、尚も堪えつづけなければならなかった。しかし当事者はたとえ数日でも一人の人間の死を押しのけ、息絶えることを阻止したという満足のために、平沢さんの絶望的な我慢を思うことがなかったらしい。

手術は成功した。

だがそれが何だというのだろう。

意志を奪われてただ呼吸している肉体。それを果して「生きている」といえるのか。人は実に無造作に死を忌避する。生きていることをめでたいことだと思い決める。死に瀕《ひん》して死ねない人を、ただ「生命力が強い」といってめでたがっていていいのだろうか？

絶えようとしている命を無理やりに引き止めて、生命力を讃《たた》えることは残酷この上ないナンセンスではないか。

五月二十一日附の『週刊文春』に、「平沢貞通の死」と題して平沢さんの最期の写真が掲載されていた。横に広がった白髪に囲まれて、三十九年の獄舎の生活に堪えた死顔が大写しになっている。それは何の苦悶《くもん》の跡もない穏やかな顔だ。漸《ようや》くこの世の業苦から逃れることが出来た安息に浸っているように見える。最後の最後まで堪えなければならなかったものを堪えおおせてほっとした顔だ。

写真のそばにキャプションが二行。

「平沢の死に顔は、黄疸《おうだん》で顔色が黄ばみ、カレー粉のような色だった」

カレー粉のような顔色になるほどの黄疸は、おそらく薬の副作用で起ったものだ、と傍らにいた人がいった。カレー粉の色になるまで彼は生かされた。それを彼は受け容れた。受け容れぬわけにはいかなかった。そのことに私は激しい怒りを覚える。


医学の力で長命が保障されたことによって、我々には新しい命題が与えられた。我々は長命を喜びながら、みなその胸の底に不安を潜めている。ボケ老人になって家族に迷惑をかけることを怖れ、治らぬ病気を抱えて病院のベッドで目的のない無為な日々を何ヵ月も過させられることを心配し、家族に看取られずに孤独に死んで行くかもしれない恐怖を抱えている。

病院へ入った以上、医師は「絶対者」として我々の上に君臨するのである。医師は医師である以上、「死なせてはならぬ」という使命感に一途に燃えている。そこでは死は「悪」なのだ。そのため我々は、もう楽になりたい、死にたいと思いながら、快癒する望みのない老いた身体をベッドに横たえ、点滴の管に取り巻かれて絶望的な生を生きつづけなければならない。

なぜ我々は死んではいけないのだろう？

そういう素朴な疑問を私は持つ。家族や社会に対する責任を果すために生きなければならないとある人はいう。またある人は、それ（なぜ死んではいけないのかなどということ）はあなたが健康で、死がまだ遠くにあるからそういうことをいうのであって、実際に死に瀕した時は、どんな状態でもいい、生きつづけたいと切実に思うものです、といった。それが人間の本能なのだから、否定することは出来ないと。

しかし、たとえそれが人間の本能であったとしても、その一方で人の精神は老い衰えて行くことによって、自然に死を受け容れる準備を整えるものではないのか。それが最も人間らしい死でありそれによってその人生は完了するのである。

その諦念《ていねん》を乱すのが「死は悪」だとする医師たちの思い込みである。回復の望みのない病人がふと目を開いて、「ああ、私はまだ生きていたのか」と思う。その時に喜びがあるのか、絶望があるのか。死を受け容れる準備をどこで整えればいいのかわからないままに、ズルズルと生きつづけさせられて、なしくずしに消えて行く。そんな死を思うと私は暗澹《あんたん》とせずにはいられない。

初出
Ⅰ　夢かと思えば　『ラ・セーヌ』一九八六年六月〜一九八八年四月
Ⅱ　何がおかしい　サントリー『シスターズ』クオータリー　一九八五年〜一九八七年

単行本　『夢かと思えば』　一九八八年九月　立風書房刊
文　庫　『何がおかしい』（『夢かと思えば』改題）　一九九一年七月　角川文庫
本書は、角川文庫版『何がおかしい』を底本とし、「Ⅲ　蟷螂の斧」を除く、前記二章を収録したものです。

装幀　中央公論新社デザイン室
カバーイラスト　影山直美

佐藤愛子（さとう・あいこ）

一九二三年大阪生まれ。甲南高等女学校卒業。小説家・佐藤紅緑を父に、詩人・サトウハチローを兄に持つ。六九年『戦いすんで日が暮れて』で第六十一回直木賞、七九年『幸福の絵』で第十八回女流文学賞、二〇〇〇年『血脈』の完成により第四十八回菊池寛賞、一五年『晩鐘』で第二十五回紫式部文学賞を受賞。一七年旭日小綬章を受章。最近の著書に、大ベストセラーとなった『九十歳。何がめでたい』、『冥界からの電話』『人生は美しいことだけ憶えていればいい』『気がつけば、終着駅』などがある。

何《なに》がおかしい
——新装版《しんそうばん》

二〇二〇年一一月二五日　初版発行
二〇二三年一〇月三〇日　六版発行

著　者　佐藤《さとう》愛子《あいこ》
発行者　安部順一
発行所　中央公論新社
〒一〇〇-八一五二
東京都千代田区大手町一-七-一
電話　販売　〇三-五二九九-一七三〇
　　　編集　〇三-五二九九-一七四〇
URL https://www.chuko.co.jp/

DTP　嵐下英治
印　刷　大日本印刷
製　本　小泉製本

Published by CHUOKORON-SHINSHA, INC.
Printed in Japan　ISBN978-4-12-005354-2 C0095
定価はカバーに表示してあります。落丁本・乱丁本はお手数ですが小社販売部宛お送り下さい。送料小社負担にてお取り替えいたします。